L'ÂNE SE JETTE À L'EAU

DU MÊME AUTEUR

Renouer avec la terre, L'Atelier, 1997

Le ciel est rouge, il fera beau, L'Harmattan, 2004

Éclats de vie, Anne Sigier/Médiaspaul, 2007

L'un de vous, prêtre d'une fin de siècle, Parole et Silence, 2018

Le roman inachevé du bœuf de la crèche, Médiaspaul, 2020

Ces incroyables croyants, Médiaspaul, 2021

JAN DE BARTALOUMÈ

L'ÂNE SE JETTE À L'EAU

MÉDIASPAUL

Conception graphique de la couverture : *Béatrice Basteau*
Photo de la couverture : Céramique de Sr Marie-Joséphina, OP, Monastère de Ste Marie de Prouilhe, 11270 Fanjeaux

Médiaspaul Éditions
48 rue du Four
75006 Paris
editeur@mediaspaul.fr
www.mediaspaul.fr
www.mediaspaul.ca

ISBN : 978-2-7122-1632-0

Pour le Canada :

Bayard Novalis Distribution
4475 rue Frontenac
Montréal, QC, H2H 2S2
www.bayardcanada.ca

Imprimé en France

À tous mes frères les ânes silencieux
qui n'en pensent pas moins...

AVERTISSEMENT – ENTRE NOUS…

Comment les dernières confidences de l'âne de la crèche, authentique témoin de la naissance de celui qui a ouvert une ère nouvelle, sont-elles parvenues jusqu'à vous ?

L'auteur de *Le roman inachevé du bœuf de la crèche* (Médiaspaul, 2020) ne s'attendait pas à recevoir une invitation de l'administration de la maison Sainte Marthe sise dans l'État de la Cité du Vatican.

Il lui était demandé de bien vouloir prendre contact avec un personnage important à l'adresse d'une station thermale des Pyrénées en France. Seul un numéro de téléphone portable accompagnait cette étrange invitation.

Rendez-vous pris, quelle ne fut la surprise de Jan de Bartaloumè d'être attendu par un âne d'un âge certain vu les poils blancs qui dépassaient de ses naseaux.

– *Cher Monsieur,* (on sentait déjà qu'il avait côtoyé la diplomatie vaticane) *j'ai lu, il y a quelques temps, l'opuscule que vous avez consacré à mon vieil ami le bœuf. Je vous remercie d'avoir relaté les modestes missions dont nous avions été chargés et qui nous ont permis de porter un regard professionnel sur cette fabuleuse histoire du christianisme. Il se trouve que depuis quelques années, j'ai dû me séparer de mon compagnon pour continuer seul l'aventure initiée à Bethléem. Obligé, à cause de mon âge bimillénaire, de suivre des cures annuelles en France, j'en ai profité pour vous rencontrer. Je voudrais vous confier le dossier complet de tous les entretiens que j'ai pu avoir avec mes amis curistes depuis plusieurs années. Je suis persuadé que vous pourriez en extraire un recueil qui s'avérera utile à vos lecteurs. Entre nous (et voilà l'âne compassé qui se déride un peu), je ne serais pas fâché de « damer le pion » au bœuf qui a profité trop longtemps de la désastreuse réputation faite à mon espèce en matière d'indigence intellectuelle et d'idiotie rédhibitoire.*

Avec l'autorisation du rédacteur de ces feuillets, voici donc mes dernières confidences. Je me suis permis d'ajouter, en introduction, ma présentation un peu flatteuse et en conclusion mon dernier conseil. Je les ai dictés à une secrétaire du Vatican qui a pris l'habitude de me porter quelques friandises et de me gratifier de quelques compliments quand elle gare sa vieille vespa près de mon logement. Je me tiens à votre disposition pour vous donner tous les renseignements complémentaires dont vous aurez besoin.

Pas mécontent de l'effet produit sur son visiteur resté coi, l'âne tourne lentement bride et sabots et s'éloigne à pas précautionneux. Une simple chute lui serait fatale !

Auto-présentation

UN SILENCIEUX QUI VA SE RATTRAPER !

L'accumulation des ans pèse de plus en plus sur mes pattes et brouille mes neurones. La réputation peu flatteuse qui pèse depuis toujours sur les ânes et l'humilité supposée qui colle à notre peau, m'ont empêché jusqu'à ce jour d'apporter ma pierre à l'édifice que les disciples de Jésus-Christ ont érigé après sa mort. Constatant que la maison prend l'eau de toutes parts et que des murs entiers s'effondrent, avant de rejoindre mes ancêtres qui ont défrayé l'histoire que l'on dit « sainte », j'ai voulu user du don que j'avais reçu à Bethléem et prendre la parole devant tous ceux que, depuis lors, je considère comme mes frères. Beaucoup d'entre eux se contenteront de sourire en coin : « Que peut-il sortir d'un âne qui a servi de monture à un charpentier repris de justice ? » Je leur accorde volontiers une nette supériorité intellectuelle sur moi-même et mes congénères mais en matière d'écoute, d'observation et de longues méditations, il me semble que nous n'avons rien à leur envier. Fidèles, malgré l'ingratitude de nos maîtres, patients, sous leurs injures et leurs coups, nous sommes reconnus comme les champions de l'endurance. Certes, le cheval restera l'ami préféré de l'homme mais pour les tâches serviles nous serons toujours là. Mes propos, forcément datés, sentiront parfois le sermon de vieux curé à plein nez. Ils n'atteindront pas le niveau qui conviendrait pour titiller le cerveau de « l'homme libéré » d'un XXIe siècle qui, hélas, ressemble à tous les précédents. Alors, amis lecteurs, veuillez s'il vous plaît, excuser l'audace d'un vieux baudet un peu désabusé qui se permet de vous déranger ! Cependant, méfiez-vous, j'ai appris de mes frères africains qu'un « vieux assis voit plus loin qu'un jeune debout ! »

De passage en France

Laissez-moi vous donner tout d'abord des nouvelles de mon colocataire de la crèche qui n'en finit pas d'achever le roman de sa vie. Après avoir parcouru les 20 siècles du christianisme à pas mesurés et pesants, son arthrose aux genoux contractée, comme vous le savez, sur les bords du lac de Tibériade l'a condamné à une résidence forcée. Envoyé dans une maison de retraite où nous nous sommes retrouvés, et grâce à son équipement d'agent secret, il s'est rendu utile en devenant l'informateur privilégié du dernier pape, François. Mais après avoir joué, incognito, un rôle de premier plan, il a été remisé au Vatican, dans une annexe du musée réservé aux anciens personnages de la crèche. Ses outils d'intelligence artificielle devenus obsolètes, il est au chômage complet. Les organes officiels de la curie ne lui demandent plus rien. Contrairement à moi, il était compté parmi les sages auxquels on avait recours pour authentifier telle ou telle pratique qui se voulait en conformité avec la tradition apostolique. Maintenu en survie dans une salle médicalisée, il en est extrait une fois l'an, avec beaucoup de précautions, au moment de la fête de Noël. Depuis quelques temps déjà, il a laissé la parole à « Ces croyants » qui se disent « incroyables[1] » car ceux-ci, contre toute attente, tiennent encore debout sur la barque de Pierre, malgré la terrifiante tempête qui s'est abattue sur son aile occidentale.

Depuis la lecture du « roman inachevé » de mon frère le bœuf, vous n'êtes pas étonnés de m'entendre parler. Mon confrère ruminant vous a expliqué en quelles circonstances nous avons bénéficié du don de la parole ainsi que d'une longévité exceptionnelle à faire pâlir tous les patriarches de la Bible. Il m'arrivera de citer des livres. À part la Bible dont je connais des extraits « par cœur », le texte des autres m'a été transmis oralement par des amis soucieux

[1] Jan de Bartaloumè, *Ces incroyables croyants*, Médiaspaul, 2021.

de développer ma culture. J'avoue qu'ils sont patients et persévérants.

Quant à moi, vieil habitué des sentiers escarpés et des maigres pitances, jouissant encore d'une bonne santé malgré mon âge, je profite d'une retraite paisible dans une remise de la maison Sainte Marthe[2] dédiée aux accessoires et autres personnages utiles à la confection annuelle de la crèche monumentale de la place Saint Pierre. Dernier témoin vivant et encore conscient des évènements de Bethléem, considéré comme faisant partie de la famille de Jésus, on me gratifie de tous les soins infirmiers les plus pointus.

Chaque année, le médecin du Pape en personne me prescrit une cure en France soit pour renforcer mes cordes vocales qui ont baissé de plusieurs tons, soit pour assouplir les tendons de mes jambes, soit pour traiter ma peau et lustrer mon pelage.

À force d'accompagner les premiers missionnaires qui allaient annoncer la Bonne Nouvelle, j'en avais perdu ma voix qui, à défaut d'être suave, n'en était pas moins efficace. Lorsque nous franchissions les portes d'une nouvelle bourgade, j'étais chargé de faire retentir mes braiments les plus mélodieux pour signaler notre arrivée et

---

[2] Maison réservé aux évêques de passage à Rome où a voulu résider le pape François.

rassembler les curieux. Les cloches n'étaient pas encore inventées. À ce régime là, et au bout de quelques siècles, j'étais devenu presque aphone, ce qui n'était pas pour déplaire aux grincheux qui trouvaient cette entrée en matière indigne du contenu de la Bonne Nouvelle annoncée. Je profite donc d'une nouvelle disposition, obtenue de haute lutte par les amis des bêtes, qui permet aux animaux de compagnie de bénéficier des cures thermales agréées. Il y a peu de quadrupèdes de ma race mais les chiens et les chats sont légion. Mon cas a posé quelques problèmes aux administrations diverses. Le fait que l'on m'entende parler, ajouté à l'habitude de traiter certains de leurs collègues de « bourricot » ou de « vieille bourrique », faisait hésiter les secrétaires. Fallait-il m'inscrire chez les humains ou chez les animaux? Je n'en avais cure car j'avais tout le loisir de converser avec les bipèdes en dehors du temps consacré aux soins.

En cure dans les Pyrénées

J'avoue que j'ai pris goût à ces escapades annuelles, car la France est un bien beau pays. J'apprécie particulièrement les stations thermales pyrénéennes. L'air vif de cette région me redonne des forces et me fait oublier la chaleur étouffante de certains étés romains. Ces cures me sont bénéfiques au point que je ressens de nouveau des fourmis dans les jambes et que je ne perds aucune occasion de m'évader de mon réduit transalpin.

Dans ces montagnes encore préservées de l'invasion touristique, j'ai pu rencontrer les derniers de mes congénères attachés au service des bergers. Ces petits ânes robustes y faisaient le transport des fromages et de tous les ustensiles nécessaires à leur fabrication. Certes, leur vie était fort besogneuse mais ils partageaient l'honneur, avec le berger et ses bêtes, d'entretenir les estives et de maintenir une activité économique sur ces hautes terres. Vivre et respirer sur les hauteurs était plus stimulant que trimballer des enfants toute la journée autour d'un jardin public et de les laisser tripoter leurs oreilles velues comme une peluche râpée. Aujourd'hui, ces ânes des hautes estives sont employés par des amoureux de la nature ou profitent d'une paisible retraite dans la vallée. J'adore les retrouver autour d'un abreuvoir et écouter, dans notre langue, des histoires qui fleurent bon mon enfance remontant à deux millénaires. J'ai fraternisé avec l'un d'eux qui porte sur son dos une forme de croix de couleur plus sombre. On lui a raconté que l'origine de ce dessin était un signe de gratitude laissé à l'un de ses ancêtres par Jésus lui-même pour le remercier de l'avoir porté sur son dos. Inutile de vous dire que malgré mon humilité, un peu exagérée par les poètes, je ne suis pas peu fier d'appartenir à cette noble race. Tout autant que le jour où j'ai fait avec Jésus une entrée triomphale dans la ville et où, pauvre idiot, je croyais que les vibrants « Hosanna » m'étaient destinés. Erreur de jeunesse !

J'aime surtout ces séjours en France parce qu'on m'a dit qu'elle était la fille aînée de l'Église et je suis bien curieux de savoir à quoi ressemble l'enfant chérie de cette ardente et fragile communauté que j'avais si bien connue dans ses débuts quelque peu chaotiques.

La France qui barbote

C'est l'intérêt des cures thermales que de rassembler dans un espace restreint des personnes de toutes conditions, de toutes origines, de toutes religions et toutes affublées du même peignoir. Pas moyen de cacher son embonpoint ou ses fesses rebondies, de redresser sa jambe tordue, ou d'aplatir les oignons de ses orteils. Chacun supporte et expose son « naturel » sans fard et avec quelque modestie. Même peu vêtus, on rencontre, comme partout, des hauts et beaux parleurs qui imposent leur corpulence et leur logorrhée aussi vaine qu'incessante et ceux qui la subissent en silence en lisant une revue mais en gardant l'oreille tendue. Mes longs pavillons orientables à souhait m'ont permis tout au long de mon existence de capter les chuchotements les plus discrets et de trier dans les discours bruyants. J'avoue que mes écouteurs, vu mon âge, ont perdu de leur sensibilité. J'ai pu facilement retenir les grandes lignes du credo aussi simpliste que péremptoire de ceux qui ouvrent la bouche avant de brancher leur cerveau. J'ai pu également saisir les éternelles questions qui tourmentent les silencieux et le « doute méthodique » qui parfois s'empare d'eux. Les après-midi consacrés à un nécessaire repos, mais également aux déambulations citadines, se terminent souvent sur les terrasses des cafés et autres établissements de boissons. Et c'est là, en général, que je rencontre tous mes confrères humains qui oublient quelque peu les douleurs dont ils disent être accablés.

Les uns et les autres ne mettent pas longtemps à deviner mes convictions religieuses et à s'étonner de ma situation plus que singulière. La surprise de tomber sur un âne qui a connu Jésus favorise grandement l'entrée en matière, même si, au départ, il faut supporter quelques gras quolibets et un ton qui frôle la dérision méchante.

Toujours aux aguets

Juif d'origine et au contact quotidien de mon maître Joseph qui pratiquait cette religion, je ne peux m'empêcher de faire souvent appel à l'héritage exceptionnel de mes ancêtres. Ils ont consigné dans leurs livres la riche sagesse de leur peuple qui a puisé abondamment dans les cultures de l'antiquité tout en gardant jalousement son originalité. Je ferai souvent référence à ces paroles qui ont nourri la pensée et l'imaginaire d'une grande partie de l'humanité.

Après la venue de Jésus de Nazareth, que certains ont reconnu comme le Fils de Dieu et le Messie attendu, on m'a demandé d'être plus attentif à mes coreligionnaires et d'offrir mes services à l'apôtre Jacques, responsable de l'Église de Jérusalem. Mais à force de vivre en compagnie des frères de Jésus, j'ai fini par abandonner le joug de la Loi[3] pour devenir, moi aussi, un adepte de cette Foi nouvelle qui se répandait sur les places de marché. Au début, je pensais pouvoir conserver les pratiques de la Loi juive. Mais les controverses commencèrent à enfler entre juifs et chrétiens. Ceux-ci, considérés au début comme une secte dissidente et dangereuse, décidèrent d'admettre dans leurs assemblées les païens sans leur imposer la circoncision[4]. Ce fut le début de la rupture. Je quittai alors Jérusalem et me mis au service des premiers missionnaires de la Bonne Nouvelle parmi

[3] Expression familière pour désigner la Torah juive qui comprenait 613 commandements et que Jésus a reprise à son compte en précisant que son joug était léger.
[4] La question fut soulevée par l'apôtre Paul et occasionna ce qu'on appelle le premier synode de l'Église. Cf. Actes 15.

lesquels je retrouvais mon dernier patron Simon de Cyrène. Partout où se trouvait une communauté juive, ils commençaient toujours par visiter les synagogues. Je restais en faction devant la porte de la maison de prière me laissant bercer par le chant des psaumes que je fréquentais depuis mon enfance.

Mon passé religieux récent me servait de passeport pour entrer en contact avec les autres montures qui sursautaient toujours quand s'élevait le son lugubre de la corne de bélier.

Je ne vous raconterai pas les péripéties de mon roman d'aventures. Ma mémoire est de plus en plus défaillante et mon compère le bœuf vous en a révélé l'essentiel. De même que j'avais porté Jésus sur mon dos lors d'une journée mémorable, je n'ai pas cessé de porter le souci de l'Église universelle au long de ses 20 siècles d'existence. Ma retraite romaine me donne l'opportunité d'observer encore ce qui se passe dans les communautés chrétiennes et de revenir sur les évènements essentiels de ma vie.

Je repense en particulier aux missions qui m'étaient confiées de procéder à des inspections surprises dans les crèches du monde entier, pendant qu'une doublure me remplaçait dans celle de la place Saint Pierre. Muet et immobile, je me faisais oublier en observant les attitudes, les réflexions et les comportements du public qui déambulait devant les personnages inventés par saint François. Malgré tout ce que l'on raconte sur le niveau de leur intellect, vous avez dû remarquer que les ânes ont la capacité de rester des heures entières immobiles, les yeux mi-clos, les oreilles au repos, laissant seulement quelques légers frissons parcourir leur peau pour en chasser les mouches. Je sais qu'au nom de la biodiversité, il faudrait que j'accueille ces maudits insectes avec plus de cordialité mais, franchement, je me demande encore, pourquoi on nous a infligé ce tourment supplémentaire ! Malgré les mouches, nous les ânes, nous pouvons, pendant des heures, penser et réfléchir. Essayez donc d'en faire autant ! *Une oreille qui écoute, voilà ce que désire le sage* (Siracide 3, 29), répétait souvent Joseph, l'époux de Marie.

Il est certain qu'entre mes copains curistes qui pataugent dans l'eau salée ou ferrugineuse, mais qui ne dédaignent pas ajouter aux bienfaits de l'eau minérale un bon verre de blanc sec, et les pèlerins du monde entier que je croise à Rome, sans compter les soutanes à liseré violet qui froufroutent sous les colonnades du Bernin, je bénéficie d'un poste d'observation idéal. Mes rencontres et conversations quotidiennes alimentent grandement ma réflexion.

Braire ou se taire

Quand j'étais jeune, je brûlais de répondre avec passion aux objections que l'on opposait à ma foi, désireux que j'étais de vouloir partager ce qui à mes yeux relevait de la Vérité. Mais, comme je vous l'ai dit, mon manque d'assurance m'incitait au silence. Aujourd'hui, ayant appris à écouter au-delà des paroles, comme d'autres lisent entre les lignes, je n'hésite plus à dire ce que je pense en m'appuyant sur mon expérience. D'ailleurs, je m'aperçois que plus je partage ce qui m'est le plus précieux et plus je rejoins les autres dans leur vérité profonde. On se trompe lorsqu'on s'imagine qu'il faut employer un discours enfantin ou superficiel pour intéresser les foules.

Voyant ma fin prochaine arriver à grands pas, j'ai fait un sérieux tri dans ma vie religieuse en éliminant tout ce qui me paraît secondaire ou guenilles déposées par l'histoire des hommes et en ne gardant que ce qui me paraît essentiel ou fondamental. Cet exercice est libérateur mais dangereux. Ce qui paraissait faire l'office d'un socle solide s'avère n'être qu'une béquille branlante ; ce qui suscitait des débats théologiques acharnés n'est plus qu'une tempête dans un bénitier. Des vieilles traditions aussi vénérables et respectables qu'elles soient, j'en avais plein le dos. Elles m'empêchaient d'examiner sans à priori celles qui venaient au jour et qui s'imposeraient à l'avenir. Ne pouvant plus courir avec le peloton de tête, je faisais comme les enfants qui accusent les premiers arrivés d'avoir triché. La plupart de vos contemporains en font autant. En ne retenant de la parole des croyants que les interdits et les critiques négatives, ils se dispensent de s'informer davantage et renforcent le mur d'incompréhension qui les sépare des croyants. Alors, au bout de deux millénaires d'existence, je me suis permis d'alléger un peu la charge qui m'écrasait, de retrouver la simplicité des origines et de prendre un peu de recul. À ce propos, j'ai été horrifié d'entendre, un jour, dans la bouche d'un éleveur ventru et moustachu : « Franc, comme un âne qui recule ! » Il a fallu que l'on m'explique la différence entre « reculer » et « prendre du recul ».

Café théo[5]

Je vous ai dit qu'en fin d'après-midi les curistes ont l'habitude de faire un détour par les bars de la ville. L'un d'eux est devenu le quartier général d'un journaliste à la retraite. Désireux d'élever un peu les débats de comptoir, il transforme chaque soir cet établissement en un « café philo » et même « théo » dont il est l'animateur désigné !

[5] Théo pour théologie, mot grec dont la signification littérale est « discours (rationnel) sur Dieu ».

Piqué par l'histoire singulière de ma vie et par le décalage de mes propos avec la pensée émolliente des thermes, il m'invite régulièrement à y prendre la parole.

On m'avait tellement répété que mon rôle était celui du « serviteur inutile » que je n'osais même pas ouvrir la bouche. Cette timidité me desservait. Aujourd'hui, comme vous le constaterez, on me conseillerait volontiers de prendre des raccourcis. Cependant, dans les longues et rudes pentes, l'expérience exige de suivre les lacets.

Mes collègues pyrénéens m'ont ouvert les yeux. Ils m'ont appris qu'autrefois, les paysans appelaient leur âne, « le ministre ». Beaucoup ont cru que c'était par dérision du personnel politique. Bien au contraire, il s'agissait de reconnaître à la bête de somme et, par le fait même, à l'élu du peuple, son indispensable fonction de « serviteur ». Le « ministère sacerdotal » relève de la même origine. Donc, les ânes, les ministres, les prêtres : même combat !

J'avais appris aussi que le silence était l'une des vertus des saints. Désireux de les imiter, je me suis tu très longtemps. Mais sachant que mes jours sont comptés et que le pape François, en ce XXIe siècle, incite les fidèles du Christ à se faire entendre, fort de ma « longue carrière » durant laquelle j'ai connu tant de splendeurs et tant de noirceurs, j'ai donc accepté de prendre la parole au gré des rencontres que me permettaient mes séjours en France. Mes « confessions » prennent parfois le contre-pied de la pensée ambiante et peuvent se transformer en subites ruades. Elles peuvent paraître manquer de déférence quand elles dénoncent l'immobilisme et la surdité d'une institution dont la fidélité à son histoire fait sa garantie et en même temps sa lourdeur. Mais on pardonne toujours l'impatience de celui qui aime quand même.

Instigateur de ces conversations qui détonnaient un peu dans le cadre de la balnéothérapie, mon journaliste, grand défenseur de l'intelligence animale, n'ayant rien à se mettre sous la plume, m'avait demandé l'autorisation de transcrire ces propos de post cure. Enregistrés sur son téléphone portable, mis en forme et agrémentés de quelques commentaires circonstanciés, il les distribuait aux participants et il les appelait malicieusement « les confessions de l'âne ».

Constatant que les nouvelles générations de chrétiens ne se bousculaient pas pour m'interroger sur les sources de la foi et préféraient s'informer sur les réseaux sociaux, j'ai accepté sa proposition. Je lui ai demandé, bien entendu, d'expurger le texte de toutes les « âneries » que je laisse encore échapper quand ma nature originelle reprend le dessus. Il se trouve qu'un éditeur italien en résidence dans un gîte rural voisin, est tombé par hasard sur ces feuillets. Supposant que les responsables de l'Église qu'il croisait, habituellement, dans la librairie du Vatican s'intéresseraient aux dernières élucubrations d'un survivant de la Nativité, il en a fait une édition restreinte. Il croyait faire un « scoop » comme on dit désormais en italien comme en français. Hélas, n'ayant pas pu obtenir le « nihil obstat » (toujours en français) de mon collègue bovin trop déconnecté, elle n'a pas eu le succès qu'il espérait. Moins têtu que moi, il a abandonné son projet. Je me dois d'avertir le lecteur que le texte de la rédaction finale est expurgé de toutes les interventions et conversations spontanées des participants. Il a donc beaucoup perdu de sa légèreté et de sa vivacité et malheureusement gagné en longueur et en pesanteur. Alors courage, patience et à petits pas.

1.

QUELQUES RUADES POUR OUVRIR LES PORTES CLOSES DE LA RAISON

De thermes en bistrots, l'âne prend les eaux, ses amis curistes curieux et incrédules l'interrogent.

Comment trouvez-vous les Français ?

L'animateur des entretiens du café des thermes, vieux routier de ce genre d'exercice, sait qu'un débat a besoin d'une introduction générale pour que la première question voie le jour. Et lorsqu'il constate qu'elle a du mal à sortir, il la pose lui-même. Après les présentations d'usage et en guise d'entrée en matière à ces causeries vespérales : « Comment trouvez-vous les Français ? » demande-t-il.

– Qui suis-je pour porter un jugement sur « les Français » ? J'ai beau les trouver sympathiques, je ne les vois que d'un œil très extérieur. En outre, la question est piégée. Soixante-cinq millions d'individus aussi différents les uns des autres se dissimulent sous ce raccourci « les Français ». J'ai toutefois l'impression qu'ils illustrent assez bien cette adaptation d'un proverbe québécois :

« Ils se désolent quand ils se regardent, ils se consolent quand ils se comparent », lui répond le curiste à quatre pattes.

Aussitôt une auditrice monte au créneau : « Tu laisses entendre que les français devraient s'estimer heureux par rapport à d'autres populations. C'est un peu facile de stigmatiser ceux qui se plaignent en disant qu'il y a toujours plus malheureux que soi. Pourtant, tout le monde en convient, les Français n'ont pas le moral et il y a souvent de quoi. » *Ce tutoiement qui se veut familier paraît un peu « cavalier », mais le cheval du pauvre accepte d'être remis à sa place.*

– Puisqu'on se tutoie, je te fais part de ce que j'ai vu et constaté. Comme tous les ânes je m'attarde souvent à sentir les vibrations du paysage qui m'entoure. C'est ma première source d'information. Je constate avec plaisir que mes amis curistes profitent apparemment bien de l'été indien des Pyrénées et d'une retraite professionnelle souvent méritée. Tous ne croulent pas sous des douleurs articulaires aigües. Je puis même t'assurer que certains n'engendrent pas la mélancolie. Ce sont de bons vivants. Ils savent, cependant, que sous cette couche d'insouciance affichée se cache une insatisfaction latente dont ils ne sont pas sûrs, d'ailleurs, de vouloir guérir. Dès qu'ils écoutent les informations ou qu'ils parlent de l'actualité, comme tous les Français, ils « râlent », s'indignent, boudent et revêtent un masque de colère noire ou de grise tristesse. Attisées par les réseaux sociaux, les braises de la défiance couvent dans le foyer de la démocratie, prêtes à s'enflammer au moindre coup de vent. Toute autorité leur est suspecte. Dès qu'un problème se pose dans le pays, le gouvernement se met en demeure d'édicter une loi censée le résoudre. Immédiatement, une moitié de la population se dit insatisfaite et les plus motivés descendent dans les rues pour manifester leur mécontentement. Un désenchantement général a gagné toutes les strates de la population. On pense immédiatement à ceux ou celles qui ont du mal à joindre les deux bouts et dont le pouvoir d'achat est sans cesse grignoté.

Sinistrose à tous les étages : tout va de mal en pis !

Mais il semble qu'une majorité de Français traîne la vie comme un boulet. Ils sont comme désabusés. J'entends de toutes parts :

– À quoi ça sert d'aller voter : « ils » parlent et ne font rien.
– À quoi ça sert l'Europe, l'OTAN, l'ONU, la guerre gronde à nos portes.
– À quoi ça sert de bien faire, il y a toujours un idiot ou un méchant qui détruit ce qu'on a bâti.

– À quoi ça sert de travailler pour vivre mieux et plus longtemps, alors qu'un simple virus remet tout en question.
– À quoi ça sert de produire quand tout cela se soldera par l'épuisement des ressources et de la planète.
– À quoi ça sert de croire quand les croyants ne sont pas mieux que les autres et parfois pires.

– Une sorte de pessimisme latent attisé par la peur de la catastrophe finale gagne même la jeunesse de votre pays. Le dénigrement systématique de tout essai de solution devient une posture quasi philosophique recherchée par les émissions radiophoniques qui ont du temps à meubler entre les bulletins d'information. Que reste-t-il de la France des « trente glorieuses[1] » qui mettait en valeur l'effort collectif du pays pour qu'il se hisse au niveau des pays les plus développés ? Le mot d'ordre de cette sorte de déroute psychologique se réduira-t-il au « chacun pour soi » et que le plus fort ou le plus malin gagne ? L'image que l'on retiendra de ce début de siècle se réduira-t-elle « au sauve-qui-peut » symbolisé par ces migrants qui se jettent à la mer ? Et tant pis pour celui ou celle qui échouera ! Dans cet univers sombre, clos et plat y a-t-il une issue possible ?

[1] Expression consacrée aux années d'expansion comprises entre 1955 à 1985.

« Oui, profiter tant qu'on est en vie », *s'exclame un ventripotent qui, jetant un regard circulaire et satisfait, attend l'approbation de la salle. Des sourires complices mais un peu gênés le rassurent.*

Profiter de l'instant présent ?

– Le mot revient très souvent dans les conversations usuelles. Dès que le week-end approche ou que l'été se profile, il envahit les antennes. Profiter de la vie, à ce qui ressort de l'opinion générale, consisterait en un cocktail bien dosé et bien secoué de travail modéré – mais suffisamment rémunéré pour payer des loisirs –, de congés allongés, de voyages exotiques, dc santé assurée et au bout du compte d'une retraite confortable. Profiter des réductions, des occasions, des opportunités, des gratuités, des enfants tant qu'ils sont petits, des grands-parents en bonne forme pour qu'ils s'occupent des petits... Bref, « il faut en profiter tant que l'on peut car on ne sait pas de quoi demain sera fait ». Mais profiter coûte cher, donc il faut repartir au « boulot » et replonger dans la « galère ».

De plus, profiter c'est manger une part de gâteau en lorgnant sur le voisin qui en prend davantage, ce qui donne un goût amer à votre bouchée. Et puis, une fois le « profit » consommé que reste-t-il ? Au mieux, un souvenir agréable mais fugace et, souvent, le regret de n'en avoir pas « assez profité ». Au bout du compte demeure une insatisfaction tenace parce que dans cette vie très horizontale les besoins augmentent au fur et à mesure qu'ils sont assouvis. Il serait trop simpliste de les opposer aux désirs plus nobles qui, eux, vous combleraient à coup sûr. L'être humain serait ainsi pris en tenaille entre les besoins fondamentaux et matériels et les désirs spirituels ou intellectuels. Or le bipède est à la fois horizontal et vertical. Le désir se greffe sur le besoin et vient le redresser en lui donnant une autre dimension. Manger est un besoin élémentaire. Si je cherche mon plaisir dans l'accumulation des plats, je risque fort d'augmenter ma faim ou de vomir. Si je trouve mon bonheur dans la convivialité du repas partagé, il m'arrivera d'être comblé en me régalant de la présence et des paroles de mon hôte, tout en oubliant le contenu des plats avalés.

Faut-il désespérer ?

– L'histoire biblique de mes ancêtres enseigne que ce sont les siècles les plus tourmentés qui ont été les plus féconds et en particulier celui du grand exil à Babylone. Une crise profonde remet en cause ce qui paraissait aller de soi et exige de se poser, avec de nouveaux critères, les questions essentielles de l'existence. Alors, peut-être que de ce bouillon culturel fade et insipide où tout se vaut et rien ne tient, pourront émerger quelques idées nourrissantes à même de redonner espoir en la vie à ceux qui, tirant les leçons du passé, ne s'avoueront pas vaincus.

Il existe une autre issue ou plutôt une échappatoire : celle de la nostalgie d'un passé magnifié. Elle n'est guère efficiente mais elle peut maintenir le goût d'une vie plus souriante et humaine. Demandez aux plus âgés de raconter leur enfance, ils le feront avec les couleurs d'un âge d'or. Demandez-leur, en revanche, s'ils sont prêts à revivre dans ce monde qu'ils ont connu, ils répondront, « non », sans hésitation. Je ne suis qu'un âne, mais il y a des jours où je ne les comprends pas ! Sylvain Tesson, un peu provocateur, résume bien le problème : « La France est un paradis peuplé de gens qui se croient en enfer ! »

> *L'auditrice s'agite et trépigne ! Manifestement Tesson ne l'a pas convaincue.*
> « Il faut croire alors que tous ceux qui se plaignent sont en outre des idiots ! Il n'y a pas de honte à dire que l'on n'est pas heureux ! »

Malheureux et idiots à la fois ?

Conscient de la profondeur du malaise qu'il a provoqué, voilà notre conférencier parti pour une longue digression.

– Mes amis, vous me semblez fatigués et inquiets. C'est l'image que vous me donnez quand je débarque par exemple à Paris. D'habitude, lorsque je me promène dans les rues d'une capitale et que je m'arrête pour demander un renseignement, je suis accueilli avec un sourire surpris et curieux. En Afrique, je soulève l'hilarité générale, les passants se tordent de rire et me font un cortège jusque sur mon lieu de rendez-vous. J'avais déjà remarqué l'air chiffonné de ces flots d'automates qui, aux heures de pointe, sortaient des stations du métro comme d'une bouche d'égout. Chacun marche droit devant, les yeux fixés sur un petit écran, tapotant fébrilement sur des touches numérotées ou discutant avec son portable, esquivant des centaines de gêneurs, prêt à mordre au moindre croc-en-jambe. Je comprends que l'univers mécanisé et bétonné qui est le vôtre n'engendre pas chez vous une gaîté hilarante. Mais croiser un vivant, un semblable, sensible, intelligent, hanté par des rêves de bonheur, illuminé d'idées parfois délirantes, au beau milieu des barres d'immeubles ou de files de voitures, devrait vous réjouir comme une apparition miraculeuse !

J'ai voulu vérifier cette fâcheuse impression en me rendant dans les lieux où, me disait-on, la jeunesse s'amusait. J'y ai vu des corps se trémousser, des bras se balancer un verre à la main, des yeux vitreux rouler dans le vague, des oreilles saturées de bruit, des cerveaux disjonctés et en fin de nuit des loques pantelantes ou hurlantes. De joie, point ! D'ailleurs, vous employez une expression qui m'étonnera toujours : « On va faire la fête ! » Et je vous vois acheter des boissons fortes, des vêtements moulants, des maquillages aguicheurs et installer les plus puissantes « sonos » qui existent comme si cette accumulation « d'ingrédients », nécessaire peut-être pour fabriquer une fête, était suffisante pour engendrer la moindre joie. Mais savez-vous encore ce qu'est la joie ?

Par contre, j'ai assisté à des réunions de familles, toutes simples, autour d'une grand-mère, d'un nouveau couple ou d'un bébé fraîchement né. Chacun avait eu à cœur de préparer un mot, un cadeau, une chanson : la joie resplendissait sur tous les visages et les rendait plus beaux encore. Quant à la note de frais, elle était des plus modestes. Les marchands de la fête ont compris que pour pallier l'absence de vraie joie, il fallait abrutir un peu plus les clients pour qu'ils ne soient pas conscients de ce manque et qu'ils reviennent encore à la recherche de cette perle perdue.

On peut « faire » une fête à grands frais, mais « faire la fête » n'engendre pas forcément la joie. Je ne suis pas le seul à déplorer l'absence de joie. L'un de vous m'a lu, il n'y a pas longtemps, cette réflexion qui vient un peu trop tôt dans nos débats mais qui me paraît aller à l'essentiel. Comme je n'ai pas reçu le don de la lecture ma voisine de table, à la voix claire, va la lire.

« Mais avez-vous déjà éprouvé la simple joie d'être ? Non pas la joie d'être ici plutôt que là ; ou bien la joie d'être ceci plutôt que cela. Mais la simple joie d'être. Le verbe "être" sec, nu, sans déterminant ni fioritures… La simple joie d'être plutôt que de n'être pas. Cette joie ne dépend pas des circonstances ou des événements de la vie. Cette joie-là ne peut venir que de Dieu… Celle que l'on peut éprouver au plus profond de notre être alors même que tout va mal et que l'on n'a aucune raison de se réjouir. Les réjouissances qui viennent des circonstances de la vie ne sont pas sans valeur bien entendu et l'on aurait tort de les négliger… Nous devons au contraire les accueillir comme autant de grâces. Mais elles sont inconstantes comme le vent qui vire et tourne sans cesse ; éphémères comme neige au soleil. Il vaut mieux ne pas fonder sur elles seules notre joie… Elle ne peut venir que de l'intérieur, jamais de l'extérieur » (Pierre Alain Lejeune. Blog du 11 décembre 2021).

Une brume de tristesse et une conscience inquiète

– Mes amis, si vous franchissez les bornes de votre ego pour vous situer sur un plan plus général, vous constaterez que vous êtes tristes parce que, au fond, vous ne maîtrisez plus votre vie et votre histoire. Il vous semble que le monde est embarqué sur une haute mer et qu'il est à la merci des courants dominants, des tempêtes soudaines et des tsunamis dévastateurs. Plus personne qui tienne réellement la barre pour donner le cap et plus de vigie pour essayer de voir au loin. D'ailleurs, ce n'est plus nécessaire. Toute la population du globe est conditionnée par les lois de la guerre économique et par les fluctuations monétaires. Les grands, malgré leurs discours assurés, tremblent devant un virus chinois incontrôlé, les petits plient l'échine devant l'augmentation du coût de la vie. Il semblerait que les puissances marchandes et financières agissent comme des forces telluriques dont les chocs souterrains impactent l'ensemble des habitants de la planète, y compris les plus éloignés de l'épicentre. Je les appelle les Léviathans en faisant allusion à ces monstres marins qui grouillaient dans les eaux inférieures du livre de la création et des psaumes : « Et Léviathan que tu fis pour t'en rire ! » (Psaume 73, 13-14 ; 103, 26). « La bourse baisse, les banques centrales frémissent, le cours du dollar s'enflamme » et voilà notre vie quotidienne, celle qui remplit le caddie, totalement perturbée. La mondialisation qui devait transformer le globe en un village solidaire s'avère fragile et source de dangers imprévus.

Avec les Léviathans, nous sommes pour ainsi dire au niveau du sous-sol du monde. Au-dessus de notre rez-de-chaussée, au firmament étoilé, plane un autre continent vaporeux mais tout aussi inquiétant, celui de la toile, qui tisse les communications et les informations mondiales et dont les initiés tirent les fils pour en faire un filet planétaire aux mailles de plus en plus denses. Entre les crocs des Léviathans et le vaste piège des Dragons, vous, pauvres humains, en êtes réduits au rôle des marionnettes désarticulées. Vous fluctuez au gré des diktats publicitaires et vous vous conformez à l'opinion publique savamment orchestrée par des « influenceurs » qui ignorent qu'ils ont, eux-mêmes, abdiqué toute maîtrise de leur destinée. Alors, chacun se cramponne sur ses « acquis » comme sur une bouée trouée et la vie passe à essayer les habits d'un bonheur imposé, qui ressemble à s'y méprendre à celui de l'homme robot du « meilleur des mondes » cher à Huxley.

L'impossible bonheur sans joie !

– Inutile de détailler le tableau contrasté de cette vie à la fois attirante et décevante ;

elle restera toujours insatisfaisante pour un être humain. Je crois que ce masque de tristesse fixé sur vos visages que même l'industrie florissante des loisirs ne parvient pas à vous ôter, est la conséquence d'une profonde inquiétude. Les philosophes anciens disaient déjà que l'homme est sans repos (c'est le sens premier du mot inquiet), car il est sans cesse en recherche du plus ou du mieux. Mais ce sentiment qui lui est propre s'est aggravé au cours des siècles par la constatation d'une évidence paradoxale : alors que le monde possède en lui-même tout ce qu'il faut pour nous offrir les conditions du bonheur, plus il va de l'avant et moins il y parvient. D'ailleurs, ils sont de plus en plus nombreux ceux qui veulent ralentir cette course au « toujours plus » et quitter cet engrenage sans horizon qu'ils jugent absurde. Ils deviennent les adeptes du lent, du moins, de cette « précarité heureuse », chère au prophète Pierre Rabhi.

Ils opèrent une sorte de conversion radicale. Ils quittent une situation urbaine et enviable qu'ils jugent trop stressante et sans intérêt, pour se replier sur les campagnes, réinventer une existence plus naturelle et plus fraternelle. Échapperont-ils aux Léviathans toujours à l'affût et aux filets numériques des Dragons toujours plus enveloppants ? Feront-ils école ? L'avenir le dira s'il n'est pas obstrué par la croûte épaisse et stérile des déchets émis par vos activités. Mais dans ce domaine aussi, une économie du recyclage émerge qui pourra peut-être éviter le pire. Quoiqu'il en soit, il faudra bien en revenir à la raison. Mais qui orientera celle-ci vers le Bien, le Vrai et le Beau, auraient dit les anciens sages philosophes ?

Un participant demande poliment la parole et revient au vouvoiement : « Ne croyez-vous pas que vous noircissez un peu trop le tableau et que vous "plombez" un peu plus le moral des Français ? En outre, en renvoyant la source de notre inquiétude vers des forces occultes et hors de portée, vous risquez de casser tout désir d'engagement et de résistance. »

– Revenons alors sur des réalités qui vous sont plus familières. Relisez simplement la devise qui orne les façades de vos mairies pour trouver une raison concrète de votre désenchantement. N'est-ce pas parce que l'idéal des vertus républicaines vous paraît toujours inaccessible et de moins en moins partagé que le bonheur s'éloigne de votre horizon et que le ressentiment envers vos dirigeants ne cesse de croître ?

Pleurez sur vous, les trois sœurs :
liberté, égalité, fraternité !

– En effet, rien de moins naturel que l'égalité. Le contraire saute aux yeux. Vous êtes inégaux de par votre constitution physique, votre héritage psychologique, votre environnement social. On a eu beau transformer ces inégalités en « différences », il n'en reste pas moins qu'elles sont vécues comme telles par ceux et celles qui les subissent. D'ailleurs, n'a-t-on pas inventé un arsenal de lois dites « sociales » pour rétablir un semblant d'égalité. Mais, et c'est heureux, le principe demeure. Vous êtes égaux devant la loi et cela est un progrès considérable. Le riche truand est passible de la justice, tout comme le pauvre voleur. Mais toute médaille a son revers. Si l'égalité était seule inscrite sur le fronton de nos mairies, le risque serait grand de tomber dans un égalitarisme aussi injuste que réducteur.

La République ne s'est pas trompée en ajoutant la liberté, c'est-à-dire la possibilité pour chaque individu de faire des choix et d'en répondre devant autrui et devant la loi. Car votre liberté s'arrête quand elle devient gêne ou nuisance pour l'autre. Rien de moins naturel que la liberté ! Nous vivons sous la contrainte et la nécessité. Il nous faut manger ou respirer pour vivre, nous n'avons pas le choix. Vous savez par ailleurs que nombre de sociétés supportent assez bien qu'il y ait des personnes plus libres que d'autres. Le berceau démocratique grec supportait des citoyens de qualité différente quant à la liberté individuelle ! Il n'empêche : l'égalité et la liberté dans la foulée des Lumières et de la Révolution française sont devenues des droits de l'Homme que nous voudrions universels.

Reste la fraternité, la petite soubrette de la triade. Elle n'est pas un droit mais plutôt un devoir. Il est curieux de remarquer que la fraternité rassemble très rarement les foules pour battre le pavé derrière les calicots des manifestants. Mais touchez à la liberté ou à l'égalité et les rues s'enflamment ! Suffit-il pour autant de la considérer comme un simple saupoudrage, une pincée d'humanité, un zeste de générosité, qui amélioreraient le goût des deux autres vertus ? Bien que personnellement, je sois étranger au problème, je suis convaincu du contraire. C'est la fraternité qui fonde l'égalité et la liberté. C'est la fraternité que l'on doit proclamer en tête comme le socle indispensable de ses deux sœurs. Comment considérer autrui comme votre égal, comment reconnaître sa liberté comme un droit, si auparavant, vous ne le reconnaissez pas comme un frère. La loi peut vous imposer de respecter l'égalité et la liberté, mais qui peut vous obliger à la fraternité ! Il ne faudrait pas oublier que la fraternité est l'idéal fixé par la parole de Celui que j'ai porté sur mon dos. Ignorer, refuser, dénigrer la source chrétienne de la fraternité, c'est vider votre culture d'une partie de son esprit, c'est rabaisser votre devise au rang d'un règlement intérieur d'une salle de classe. La fraternité ne se décrète pas, elle est un don accepté ou refusé !

Remous dans l'assistance. Certains ne savaient pas leur compagnon de spa aussi républicain, d'autres sont prêts à l'envoyer chez les gauchistes enragés. D'autres encore refusent ce qu'ils appellent, en prenant leur souffle, « l'instrumentalisation de la triade républicaine au profit d'une religion qui n'a pas été toujours au niveau de son fleuron » !

– Une pause est nécessaire. Les gosiers ont besoin de liquide pour noyer ce que beaucoup considèrent comme des théories fumeuses déconnectées de la « vraie vie ». Le garçon prend les commandes, « trotte-menu » s'éclipse, mécontent du résultat de sa prestation.

Il faut croire que les distractions manquent un peu dans la cité thermale. Le plumitif-animateur aussi entêté que son invité propose une autre rencontre. Tous n'ont pas tourné les talons. La farouche opposante est toujours là et toujours en embuscade.

La fuite dans les images

Habitués et curieux ont rempli la salle. Le président, comme l'appelaient certains, remercie les présents et entame les débats. Il veut éviter de rallumer les braises qui couvent depuis la conclusion de la dernière séance et relance la discussion avec une question moins clivante.

Le spectacle que donnent les Français correspond-t-il vraiment à la réalité ? N'est-ce pas plutôt une image entretenue par les médias et les réseaux sociaux qui nous enferme dans un portrait convenu ?

Le malheur, ajoute aussitôt, un des participants du jour, c'est que le monde politique ne vit que de postures et d'images imposées. Les dirigeants jouent le rôle qui leur est dévolu, mais lorsqu'on leur enlève leur tenue de camouflage la réalité n'est pas bien propre. De scandales en soupçons l'image n'inspire plus confiance !

Prévenu, Aliboron avance prudemment ses sabots…

– Depuis que l'ordinateur est entré dans votre poche, vous vivez du matin au soir dans un monde d'images. Les écrans ont complètement envahi votre vie au point que je me demande parfois si vous savez où se cache le réel. Depuis le jour où l'un de vos ancêtres a pu apercevoir son portrait sur une nappe d'eau limpide, jusqu'à ces derniers temps où vous pouvez applaudir l'hologramme d'un conférencier, en passant par la phase de la reconnaissance au faciès, vous baignez dans les images. Encouragés à garder la distance à cause d'une pandémie inquiétante, vous envoyez des rafales de « selfies » à vos connaissances à défaut de franches embrassades. Et par-dessus le marché, vos enfants vous réveillent, la nuit, secoués par des images horribles échappées des films de fiction cauchemardesques ! N'avez-vous pas perdu le sens de la réalité ?

Le cadeau de l'image

– Si les images ont pris une telle importance c'est certainement parce qu'elles jouent un rôle primordial dans votre existence. En effet, l'image parle et c'est la parole ou du moins la communication qui vous engendre à l'existence. Vous êtes issus d'une parole d'amour, celle de vos parents, et durant toute votre vie, vous essayez de laisser à vos proches une image de vous qui les marquera et dont ils se souviendront. Au fond, ce que vous appelez la culture consiste à se nourrir d'images, à être à l'image de, à donner l'image de… Et Dieu sait si la culture revendique de nos jours une place primordiale, y compris au détriment de ce qu'on attribuait à la nature ! Certains n'hésitent pas à affirmer que la culture détermine le sexe.

Ceci ne me concerne pas et pas plus la gent animale, c'est pourquoi je n'emploie pas la première personne du pluriel. Vous ne trouverez aucun miroir dans le sombre réduit où l'on me confine ! Je ne cherche pas à donner une image de moi-même si ce n'est celle de l'âne que je suis. Par contre, vous nous avez dépeints, moi et mes compagnons, de la manière la plus rebutante qui soit : nous n'avons, selon vous, que des idées arrêtées (si l'on peut parler d'idées) et nous sommes, à vos yeux, entêtés et obtus. Inutile de faire luire nos sabots dans la rosée du matin ou de nous ébrouer dans l'herbe pour lustrer notre poil, cela ne changera pas l'opinion que vous avez de nous ! D'ailleurs, j'ai entendu à la sortie de notre dernière rencontre un qualificatif qui n'appelait pas de commentaires : « Bourriqué ! » Après information, cette expression locale sans ambages veut dire : « Tout ça... des âneries ! »

Images et image

– Votre image à vous les humains n'est pas une simple copie. Elle fait partie de votre être. Elle est le premier cadeau que vous offrez à autrui, c'est pourquoi vous prenez tant de soin à la rendre agréable et présentable. Pas une de vos maisons où il n'y ait une glace à portée de visage pour rectifier la coiffure ou la tenue de sorte que vous ressembliez bien à vous-même. Imaginez (notez le mot image) qu'à chaque apparition en public vous ne ressembliez pas à vous-même : la vie en commun serait impossible ! Déjà le port d'un masque ne facilite guère la reconnaissance et perturbe la communication.

Mais chez vous, l'image est complexe. Elle peut s'adapter aux circonstances et offrir des apparences parfois contradictoires qui brouillent la vérité des relations. Elle peut refléter votre « je » profond, mais à force de l'améliorer, de l'adapter, de la trafiquer, vous en arrivez à vous fabriquer un « surmoi » qui vous représente. Sur le théâtre de la vie, vous êtes souvent en représentation comme l'est un acteur ! Certains s'accommodent de ce rôle quand il n'affecte que le superficiel, d'autres n'en finissent pas de n'être « pas bien dans leur peau » ! L'image est double : elle révèle, elle donne à voir votre vérité mais elle peut cacher, elle peut tromper. La communication devenue une science à part entière joue sur l'image en gammes infinies.

Un jour vous vous réveillez avec « la gueule de bois » et vous vous dites : « Mais au fond qui suis-je ? » ou alors : « Suis-je encore moi ? »

Quel modèle ?

– Parler d'image, c'est référer à un ou à des modèles. Les jeunes parents ne cherchent-ils pas leur propre image dans le bébé qu'ils ont conçu ? « Il a tes yeux… c'est bien ton sourire. » Et quand il grandit, le jeune enfant entend ses parents s'exclamer : « Ah c'est bien toi ! » en version positive ou négative selon l'humeur du père ou de la mère. Et grâce à sa propre faculté d'appréciation, il essaiera ou non d'imiter ses parents ou ses aînés. C'est tout au long de votre vie que vous façonnez votre image en fonction des modèles qui vous entourent soit que vous les repoussiez soit que vous les adoptiez. Quand votre « je » unique a assimilé et digéré toutes les images qui se sont combinées en lui, il devient à son tour un modèle pour les autres, sans cesser pour autant d'être transformé par celles et ceux qu'il côtoie. L'image fait vendre et acheter, fait voter, fait boire ou manger ; elle blesse ou magnifie ; elle trompe ou témoigne de la vérité.

Elle fait partie de votre être, elle le façonne mais elle ne l'épuise pas. Il restera toujours ce noyau dur irréductible à toute représentation qui est le caractère unique de votre identité. D'aucuns croient le dénicher dans les yeux qui seraient « les fenêtres de l'âme ».

Cette question d'images et de modèles est pour moi fondamentale car ce premier cadeau que vous offrez aux autres est souvent frelaté et même empoisonné. Mais je suis bien d'accord avec notre « président » pour dire que ce mal-être des Français est une question d'images souvent retouchées et parfois défigurées.

La transparence

– Au fond, cet univers d'images est un jeu de séduction. Quand vous vous regardez dans une glace ou sur une photo instantanée vous cherchez à séduire vous-même ou autrui. Or on n'a jamais autant parlé de l'exigence de transparence. À en croire cette nouvelle requête sociale, il faudrait consentir à une totale et permanente nudité ! Nous ne sommes plus dans le jardin d'Éden où Adam et Ève pouvaient déambuler dans le simple appareil. Le regard aimant des conjoints non seulement supporte mais il magnifie la nudité ! L'homme ne tarda pas à se vêtir par un réflexe d'utilité pour éviter les griffures des épines, les attaques du climat ou les blessures des regards malveillants. Cette requête de transparence peut être mal comprise. « Je suis devenue transparente jusque dans ma propre famille », déplorait une grand-mère ulcérée par l'indifférence de sa progéniture. Il faut croire que la transparence n'apporte pas que des bienfaits !

Ce jeu d'images vivantes participe à la révélation de votre identité originale. La question qui se pose est celle-ci : Suis-je dans le mensonge et la tromperie ou dans la vérité et l'authenticité par rapport à moi-même et aux autres ? Les choses ne sont jamais aussi tranchées à cause de l'intervention de la séduction car celle-ci existe aussi dans une relation amoureuse sans qu'on puisse l'assimiler à un faux semblant. Je ne voudrais pas encore une fois « instrumentaliser » ces propos sur l'image pour vous servir le plat de la religion. Cependant, il est dit dans les Écritures gravées dans ma mémoire : « Faisons l'homme à notre image et à notre ressemblance. » En ce qui me concerne, cette phrase donne à l'image sa dimension exceptionnelle et unique.

Après ce genre d'exposé, les questions ne se ramassent pas à la pelle. Les uns regagnent tout songeurs leur gîte ou leur hôtel, les autres commentent l'actualité de leurs douleurs réveillées après cette longue station assise ou les bienfaits de la dernière séance d'aquagym. Quelques-uns, cependant, qui prolongent la séance autour d'un verre, s'autoproclament solennellement membres de « l'Académie du sel » en référence à la teneur en salinité des bains. Ils disent apprécier les interventions de l'âne, mais ils estiment qu'il reste trop souvent dans les généralités et contrairement à la première intervenante, ils souhaitent qu'il s'exprime davantage sur sa foi et sur les réflexions que lui suggère l'Église d'aujourd'hui qui traverse une des crises les plus graves de son histoire.

Toujours sur ses gardes et ne voulant pas réduire son auditoire à quelques fidèles sympathiques acquis d'avance à ses propos, l'âne consulte le président qui lui suggère de ne pas entrer de plain-pied dans le domaine religieux. Ils tentent une marge d'approche plus consensuelle.

– Ne crois-tu pas que parmi les nombreuses causes de la morosité des Français l'une d'elles, et peut-être la principale, vient du fait qu'un grand nombre d'entre eux pense que la société est, avant tout, débitrice à leur égard et qu'ils n'ont de devoir à rendre à personne ? relance le président en pensant à cette phrase de John Kennedy : « Avant de te demander ce que la société doit faire pour toi, demande-toi ce que tu peux faire pour elle. »

Frissonnements et chuchotements dans la salle... nous sommes sur un terrain mouvant ! Il est risqué par les temps qui courent de laisser entendre que le citoyen lambda aurait quelque reproche à se faire !

Je veux et j'exige...

– Avant de dire « je veux », apprends à dire « merci » ! Voilà ce que j'ai entendu de la bouche d'une grand-mère qui haussait le ton. J'ai pu constater au fil des siècles de mon existence combien la situation de l'enfant avait changé. Quand j'étais un ânon, l'enfant des hommes ne comptait pas beaucoup plus que moi. Il était à la disposition de son père. Chez les peuples voisins, on sacrifiait même des bébés sous les fondations d'une cité pour que les dieux la protègent ! Aujourd'hui, l'enfant est roi, dit-on. Il n'est plus l'objet de ses parents et c'est heureux, mais le sujet de droits. Ce nouveau statut poussé à l'extrême amène certains parents à ne jamais contrarier leur progéniture au risque de ne jamais lui permettre de devenir adulte. En outre, ils cèdent à tous ses caprices pour n'être pas dénoncés à la police, au titre de « parents maltraitants », quand la colère du gamin monte le volume sonore de ses cris au niveau de sa dignité bafouée ! Il n'est pas étonnant que devenu adulte, il oublie qu'il ne s'est pas fait lui-même. Qu'est-ce qui est premier en vous : votre génie personnel, vos acquis, vos conquêtes ou ce que vous recevez de la matrice de notre monde dans laquelle vous avez germé ?

Merci

– « Merci » est l'un des premiers mots que vous apprenez à votre enfant mais dont l'usage spontané a toujours demandé un entraînement laborieux.

Un merci individuel, oral ou mental, n'est-il pas le bienvenu, tous les matins en vous levant, pour ce sommeil réparateur et pour le prodigieux mécanisme vivant de votre corps qui continue son travail nocturne sans l'accord de votre volonté consciente ?

– Merci pour cette journée nouvelle qui vous est accordée, pour la compagnie indispensable de vos proches qui vous oblige à vous extraire de votre moi et de vous hisser au bon niveau.
– Merci pour tous les services dont vous disposez pour manger, pour vous déplacer, pour vous soigner, pour échanger.
– Merci pour ce monde de lumière et de couleurs : ces bleus de l'ancolie et du myosotis des fossés, cette palette de verts qui revêt prés et forêts, ce festival flamboyant des premières roses qui éclatent au soleil.

– Merci pour la pie jacassière et le clapotis discret du ruisseau. Merci pour cet air à respirer exhalant les fragrances printanières.
– Merci pour ces gestes d'attention et de solidarité qui embaument la monotonie des jours. Liste inépuisable et renouvelable de mercis, simples et variés, adaptés à toutes les situations et proférés à volonté !
– Merci à la vie avec un grand V concluent certains, aux forces cosmiques, à la nature, au grand Tout. Merci au donateur inconnu murmurent les discrets pour ne pas faire de jaloux !

La gratitude n'est pas évidente. Dès les premiers moments de son existence le petit bébé goulûment suspendu au sein de sa mère ou au biberon du papa se permet très vite de les rappeler à l'ordre quand ils tardent à l'alimenter. Ce qui, au commencement de la vie, est exclusivement un don devient très vite un dû réclamé et, s'il le faut, bruyamment. Lorsqu'un peu plus tard, il voudra accaparer un objet et que ses parents résisteront, il déclenchera une crise de pleurs et de nerfs à la mesure de sa volonté incomprise. Dans l'incertitude de l'adolescence, il montera sur ses ergots pour affirmer haut et fort l'importance de sa présence et de ses idées fraîchement sorties du pot commun de sa génération. Quand il atteindra la quarantaine flamboyante et la pleine possession de ses moyens, il attribuera sans pudeur à ses mérites et à ses efforts la belle promotion dont il a bénéficié ou la situation enviable à laquelle il a accédé. Et si quelques envieux osent lui faire remarquer qu'il pourrait se contenter d'un salaire moins élevé, il montera sur les grands chevaux de ses qualifications, de ses compétences, de ses performances pour justifier sa rémunération ou ses dépassements d'honoraires. C'est bien le minimum qu'on lui doit !

Tout est don

– En prenant de l'âge et aussi un peu de temps pour réfléchir en remontant dans sa généalogie, il s'apercevra que tout lui a été donné, y compris ce qu'il croyait être sa contribution personnelle au capital de mérite, d'effort et de travail de l'humanité. Il apprendra que celui que l'on dit « doué » a simplement reçu une « dot ». Il constatera qu'en somme, s'il a fait des études, c'est parce qu'on lui en a donné les moyens et l'opportunité ; s'il a fait de bons choix c'est grâce à un certain nombre de circonstances qui se sont présentées à lui et de ressources intellectuelles qu'il avait reçues et exploitées pour prendre les bonnes décisions. Bref, en vieillissant il devient plus lucide sur lui-même et remercie en son for intérieur ceux qu'il avait tendance à ignorer ou à toiser du haut de sa superbe : ses ascendants ou ses prédécesseurs. Mais l'intelligence elle-même, la liberté, la volonté de réussir ne sont-elles pas au départ des dons reçus par le biais de l'éducation familiale et scolaire ou par le milieu culturel dans lequel vous êtes nés ? Que serait devenu ce « self-made-man » rutilant de talents s'il avait vu le jour dans une contrée perdue du sud Sahara ? »

Cette allusion à l'arrogance de certains jeunes à qui tout est dû reçoit l'approbation de quelques seniors qui manifestement n'apprécient guère de n'être plus que la dernière roue de la charrette familiale ou le cordon de la bourse prête à renflouer des comptes mal gérés !

Changer de « logiciel »

– Pour ma part, j'ai changé de logique quand j'ai commencé à comprendre (déjà la raison était à l'œuvre) que tout m'était donné. Vous me direz que pour moi, ce constat n'était pas difficile à faire car par rapport aux hommes, mon bagage de départ était plutôt léger. Mais en me comparant aux autres ânes, je ne pouvais pas ignorer la gratuité des dons reçus.

J'ai simplement observé le commencement de la vie ainsi que sa phase terminale, chez vous, les êtres humains. L'enfant reçoit tout de ses parents et de ses ancêtres ; le vieillard attend tout de ses descendants ou des services de la société. Il lui arrive même, dit-on, de retourner en enfance. Cela me rappelle une parole de Jésus quand nous nous étions arrêtés sur une place de village à l'ombre d'un sycomore. À la vue des enfants qui s'agglutinaient comme des mouches autour de nous, il nous disait : « Si vous ne devenez comme des enfants vous ne connaîtrez pas le Royaume de Dieu » (Matthieu 18, 3).

Les enfants attendent tout des autres, s'offrent spontanément à leur environnement culturel et impriment tout ce qu'ils ressentent. Ils ne connaissent pas la méfiance qui est l'inverse de la foi. Tout nous est donné. Pourtant vous, les hommes, vous l'oubliez très vite car de ce qui est un don, vous en faites un dû.

Rien n'est dû

– Si par une belle nuit d'été vous contemplez la voûte céleste et que vous essayez d'imaginer la complexité des inter-réactions du cosmos qui commande les mouvements de notre berceau, la terre, vous vous demandez où se trouve la source de ce don qui nous enveloppe, nous nourrit et auquel nous finissons par nous habituer comme un état de fait ou comme un dû.

Rien ne nous est dû sur cette terre.
Tout est cadeau.
C'est cet organe de la gratitude qui a été modifié dans notre société.

(Christiane Singer, extrait d'une interview sur YouTube)

L'explication scientifique des origines par le fameux big-bang ne fait que reculer le problème. Il ne le résout pas. Dans cette exploration du don reçu beaucoup, par crainte de l'inconnu ou par lassitude, débranchent leur réflexion en cours de route. Redoutant de ne jamais trouver la source première, ils décident de s'arrêter en chemin et de donner au bonheur, à la vie, à l'amour, à l'homme, la maîtrise des origines. Mais n'est-ce pas faire appel à une généralité qui ne résiste pas à la réalité. Je crois en la vie, mais laquelle ? Je crois en l'homme mais qu'est-ce que l'homme en général ? « Je crois en la science », affirmait un jour un personnage de la vie politique française. Quelle science ? Celle d'Hiroshima ou celle de Pasteur ? La vie n'était pas nécessaire à la matière, ni l'esprit au corps, ni l'homme à la nature. Rien n'est un dû.

Au donateur inconnu

– Lorsqu'à cet étonnement de l'origine du monde, on ajoute le fait qu'aucun des vivants que nous connaissons ne possède en lui-même la vie, qu'aucun être n'est le propriétaire de l'existence, la question redouble d'intensité. Je m'étonne toujours de l'expression employée pour remercier les parents : « Ils m'ont donné la vie. » Ils ont été tout au plus les relais d'une vie qui les devançait et les englobait. Bref, la façon dont je perçois l'être du monde soit comme un don soit comme un dû, m'oblige à un changement radical de logique et ouvre la question : « Y a-t-il un donateur inconnu ? »

Je suis un habitant des champs et des prés. Mon univers est rempli d'arbres, d'herbes, d'insectes et d'autres animaux comme moi, sans oublier les bipèdes au service desquels je suis attaché. Je sais que des têtes pensantes se penchent sur l'infiniment grand ou l'infiniment petit et qu'elles espèrent un jour découvrir le bang zéro de l'acte créateur. Mon cerveau est au ras des pâquerettes mais lorsque je lève la tête et que je vois les paquebots du ciel zébrer l'atmosphère, je ne peux m'empêcher de rendre gloire à l'homme qui les a inventés et aux yeux des pilotes qui les dirigent avec l'aide d'appareils très sophistiqués. Cependant, je me dis qu'il est bien plus difficile de fabriquer l'œil d'un aigle qu'une armada de forteresses volantes. Alors, je rends grâce à Celui qui préside à l'éclosion de l'atome et de la cellule. On ne peut pas contempler une cathédrale sans penser à l'ingéniosité de ceux qui l'ont conçue et construite avec les pauvres moyens qui étaient les leurs.

Dieu devenu clandestin

– Cette démarche à la manière de Voltaire qui remontait de la pendule vers le grand horloger risque de paraître naïve pour les grands esprits. Cependant, je connais bien de mes frères humains qui se régalent à admirer des reportages télévisés mettant en évidence la beauté, la complexité et la complémentarité des êtres vivants et qui restent éblouis et tout songeurs devant ce spectacle. Même s'ils sont plus évolués que moi, certains se posent la question : « Mais qui donne l'*être* à tous ces êtres dont aucun ne se suffit à lui-même ? » Et avec le psalmiste, ils murmurent « Que tes œuvres sont belles ! » (Psaume 92, 6)

Celui ou celle qui n'a pas compris que tout est cadeau, qui ne remontera pas au-delà de lui-même pour découvrir la source de ce don originel, aura du mal à rencontrer ce discret inconnu et tout simplement à trouver les mots de la gratitude. « Qu'as-tu que tu n'as pas reçu ? » disait déjà saint Paul. Pour ma part, je crois que tout nous est donné et j'appelle « Dieu » l'origine de ce don. Je sais que l'évocation même de ce mot hérisse le poil de certains et qu'à d'autres il fait l'effet des fameux « trous noirs » dont tout le monde parle et dont on ne sait rien, mais je maintiens qu'il a toute sa place dans un débat mené au nom de la raison humaine. La preuve en est que les philosophies qui ont donné à la raison ses lettres de noblesse ont toutes consacré des pages et des pages à l'existence ou à la non-existence de Dieu. On m'objectera qu'aujourd'hui Dieu ne fait plus partie de l'arsenal conceptuel de nos contemporains ; il est déclaré infréquentable, il n'a plus sa carte de séjour dans nos têtes. Malgré tout, je ne vois pas au nom de quel principe on interdirait à la raison de prononcer le nom de Dieu alors que, par ailleurs, elle a pignon sur toute la culture humaine. Tout ceci en prenant, bien entendu, la précaution d'affirmer qu'elle ne fournira jamais une preuve définitive de l'existence ou de l'absence d'un principe divin. Même si prononcer le nom de Dieu paraît impossible à ceux qui ont la charge d'instruire la population, une certaine ouverture à la métaphysique devrait être déclarée « grande cause nationale ». Je rejoins tout à fait le vœu de François Cassingena-Trévedy lorsqu'il dit : « Si la République ne favorise pas l'éclosion d'individus susceptibles d'interrogation métaphysique et de sensibilité au mystère de l'existence, elle n'est qu'un supermarché ou une nurserie[2]. »

Visiblement satisfait, l'un des membres de « l'académie du sel » prend la parole : « Une fois de plus, tu as su mettre en valeur des réalités quotidiennes auxquelles nous nous sommes paresseusement habitués au point qu'elles ne nous posent pas de problème, alors qu'en suivant ton raisonnement, elles

---

[2] François Cassingena-Trévedy, *Chroniques du temps de peste*, Tallandier 2021, p. 136.

apparaissent moins simples et qu'elles ouvrent des questions fondamentales. Je ne voudrais pas assombrir le ciel de la cure de jouvence que nous nous offrons, mais depuis que nous avons entamé ces entretiens en constatant l'inquiétude de nos contemporains, je me demande si la raison première de ce mal-être ne vient pas d'une conscience plus vive de la mort, si l'on peut parler ainsi ? Je crois qu'elle fait un retour en force dans une société qui avait tout fait pour l'oublier. »

« *Et la mort, qu'en dis-tu ?*

– « C'est la vie ! » vous avez entendu comme moi cette curieuse expression sur les lèvres de ceux à qui on vient d'apprendre le décès de quelqu'un. Elle dispense d'aller vous perdre dans des considérations qui vous dépassent et permet toutes les interprétations possibles. C'est effectivement la vie pour ceux qui ont une vision scientifique des choses ou pour ceux qui croient en une autre vie. Mais définir la mort par son contraire est plus que surprenant et pourtant cela ne gêne personne. Il faut croire qu'à défaut d'anguille, il y a bien vie sous roche du tombeau.

La limite incontournable à laquelle se heurte l'humanité depuis son origine s'appelle la mort. Elle reste comme le point d'interrogation qui s'impose à toute réflexion sur la vie humaine, l'aiguillon qui met notre pensée à vif.

Si l'idée de la mort nous importune n'est-ce pas parce que nous avons en nous, tapie aux profondeurs de notre être, la marque d'un infini possible ? L'homme religieux l'a entourée de rites pour l'ouvrir sur une vie future. L'homme athée essaie de la maîtriser en cherchant à lui donner une « dignité » auto proclamée ce qui revient à vouloir nier son absurdité. Mais elle est là ! Elle nous attend au tournant, elle nous gâche la vie !

Les plus anciens parmi vous sont nés dans un monde qui sortait de la dernière guerre mondiale. Après une période incertaine qui sentait la précarité, vous avez connu le grand élan de ce que l'on a appelé les « trente glorieuses ». L'activité humaine qui jusque-là s'occupait surtout d'une agriculture de subsistance s'est résolument tournée vers l'industrie et la production des biens de consommation. Il s'en est suivi une prospérité que seuls ceux qui ont connu dans leur enfance les délices d'une barre de chocolat parcimonieusement découpée et partagée entre plusieurs gourmands, peuvent mesurer à sa juste valeur. Et voilà que ce développement lui-même a engendré un certain nombre de réactions qui le remettent en question, en particulier celle de l'épuisement de la planète et de la disparité scandaleuse du niveau de vie de ses habitants. Ces dernières années, le dérèglement climatique fait davantage sentir la fragilité de la terre. La menace qui pèse sur les ressources alimentaires et sur la disponibilité des réserves d'eau met à mal la vision radieuse d'une mondialisation prospère et heureuse. Enfin, une guerre aux portes de l'Europe rabat les cartes d'une coexistence pacifique des peuples. Tout se passe comme si l'euphorie de la conquête du cosmos et du bien-être se brisait sur la réalité de la limite et de la relativité de toute chose. Certes, on rêve encore de l'homme infiniment réparé, mais le temps hypothétiquement infini se heurte à la mort qui vient frapper à notre porte et qui dégonfle nos espoirs. Je ne voudrais pas, cependant, tomber dans le jeu un peu pervers de ceux qui justifient la nécessité de la religion en tablant sur la peur de la mort. Mais paradoxalement, elle pose le sens ultime de la vie.

Vivre c'est apprendre à mourir

– Telle était la maxime que se transmettaient les sages de l'antiquité. Apparemment et rationnellement, ils avaient raison. Car dès que nous entrons dans la vie, nous entrons dans une logique de mort qui est celle de toute réalité terrestre puisque tout est destiné à disparaître. Le jour de notre naissance nous commençons à mourir. Tout est fait pour nous rappeler la victoire finale de la mort. Et les nihilistes en concluent : « Si la mort est le dernier mot de toute chose, pourquoi accorder une quelconque importance à la vie ! Elle n'est qu'un frêle esquif ballotté sur un océan de non-sens. »

D'autres sages renversent la question : « Pourquoi la vie serait-elle apparue si son seul but était de mourir ? S'il n'y a eu de l'être que dans le seul but de ne pas être, l'aventure du cosmos et de la vie est absurde, inutile de chercher un sens et il n'y a donc rien à penser et rien à attendre. Mais dans ce cas là, à quoi sert alors la pensée, pourquoi, vous les humains, êtes-vous doués d'intelligence qui vous donne cette faculté de lire dans les choses ?

Vie et mort, un couple inséparable

– Il ne faut pas être grand philosophe pour constater que la vie sur terre n'est qu'un combat contre la mort. Depuis l'invention de l'arc jusqu'à la fabrication de la bombe atomique en passant par les extraordinaires prouesses de la médecine, toute l'activité humaine se rapporte d'une façon ou d'une autre à un refus de la mort et à une amélioration de la vie.

Mais parallèlement, on peut dire aussi que vous faites tout pour oublier l'implacable destin. N'y a-t-il pas dans tous les excès – excès de travail, de loisirs, de boissons, de drogue, de paroles, de médiatisation, de performances diverses –, une tentative d'anesthésier la douleur provoquée par la piqûre de son aiguillon? Pour oublier, encore, il faut tout faire pour chasser cette idée incongrue comme cette jeune femme à la quarantaine pétillante : « Je ne pense jamais à la mort; c'est trop triste. » Et pourtant l'un de vos chanteurs, Jacques Brel, n'hésitait pas à affirmer dans une « radioscopie » : « La pensée de la mort est une bonne hygiène de vie! » Le paradoxe de la mort, qu'elle soit acceptée ou refusée, c'est qu'elle nous fait vivre et progresser!

La façon de l'envisager trace la ligne de partage entre ceux qui croient au ciel et ceux qui n'y croient pas. J'ai connu dans vos montagnes un homme juste et honnête qui laissant quelques consignes à ses proches pour l'heure fatidique, ajoutait : « Ainsi, revenu à la terre, je vais rejoindre le cycle de la nature et de la vie. » Une réincarnation qui prendrait son temps?

L'au-delà

– Il faut d'abord remarquer que tous les systèmes religieux se prononcent pour un au-delà possible. Il serait totalement absurde de poser l'existence d'un Dieu ou de dieux créateurs qui s'ingénieraient en même temps à anéantir leur œuvre créatrice. Dans la Bible, le livre de la Genèse, en postant un ange à l'entrée du paradis, va jusqu'à supposer que la mort a été donnée comme un bienfait pour que l'homme ne retrouve pas « l'arbre de vie » et ne subisse pas une éternité de malheurs (Genèse 3, 24).

L'au-delà, selon les religions, prend les couleurs des cultures humaines, car il est fait pour combler toutes les aspirations au bonheur tel qu'elles le définissent et supprimer les déficiences qui le contrarient. Il est significatif que l'idée d'un au-delà, inscrite dans les soins donnés à l'ensevelissement, soit constitutive de l'humanisation et soit devenue le marqueur du passage de l'animalité à l'humanité. J'ai entendu de la bouche de l'un d'entre vous racontant l'inhumation d'un de ses amis : « On n'allait pas l'enterrer comme un chien ! » Même sous les bombes, on ne laisse pas un cadavre sans sépulture ou sans un signe d'une présence humaine. Il faut croire qu'il y a des constantes dans l'esprit humain et que le triomphe de la vie défie les apparences.

Je suis donc bien d'accord avec vous pour dire qu'une part du désarroi actuel et de la morosité ambiante vient d'une meilleure prise de conscience de la réalité et de la proximité d'une fin programmée de toute chose. Et l'exubérance délirante de certaines manifestations festives ou sportives ne fait que confirmer, comme je l'ai déjà dit, ce besoin de profiter sans limite du moment présent au cas où il serait le dernier. Le refus de la mort peut prendre un visage inattendu, même si l'on n'en a pas conscience.

La grande faucheuse

– Il restera, mais je ne veux pas anticiper sur vos questions, à comprendre pourquoi la mort est perçue comme un mal. Nous les ânes, nous avons la chance de ne pas savoir ce qui est bien ou mal ; c'est bien reposant mais nos conversations manquent un peu d'ampleur. Vous me reprochiez jusqu'ici de trop aligner des idées générales…

Un ancien vigneron à l'accent rocailleux et à l'œil vif coupe la parole à l'âne : « Ce n'est pas parce qu'elles sont générales qu'elles sont banales ! »

C'est exact et vous reconnaissez qu'elles ne sont pas aussi superficielles qu'il n'y paraît si on leur accorde un peu d'attention. Mais si elles sont générales c'est peut-être aussi parce qu'elles viennent du plus profond de l'homme, d'une sorte de patrimoine commun et qu'à ce niveau-là on découvre des points d'interrogation qui valent la peine d'être ouverts. Vous avez émis le souhait que nous parlions de ma foi. Vous vous êtes aperçus qu'à propos de la fraternité ou de l'image j'avais entr'ouvert une porte. Ne vous inquiétez pas, j'ai pris bien soin de caler deux sabots dans l'embrasure pour qu'elle ne se referme pas. Avec cette réflexion sur le don reçu et sur la mort, j'ai poussé un peu plus en avant l'ouverture et j'ai mis les quatre sabots dans le plat, car vous constatez que sans avoir quitté le domaine de la raison commune nous sommes entrés sur la lisière des religions !

« Et la souffrance ! Et le malheur ! » s'exclame un participant. « De par mes activités professionnelles, j'ai été amené plusieurs fois à séjourner en Inde. J'ai pu approcher les mouroirs de mère Térésa et j'ai longuement discuté avec le Père Laborde qui a inspiré *La cité de la joie* de Dominique Lapierre. Depuis mon retour je suis hanté par l'incommensurabilité de la masse des malheurs qui étouffe la terre. Car cette réalité indienne, on la retrouve partout sur terre et si l'on fait le compte de l'accumulation des malheurs qui ont affecté les humains au cours de l'histoire, on se trouve devant l'indicible. Qu'en dites-vous, vous qui avez traversé les siècles et qui avez vu l'immense cortège de douleur et de larmes qui accompagne la marche des humains ? »

Je n'en dis rien du tout car les mots seuls ne seront jamais à la hauteur de ce « malheur innocent » selon le titre d'un ouvrage de Jean Guitton. Moi-même je fais tout pour éviter la souffrance car je sais que, devant elle, je ne suis pas brave. J'essaie d'aider et de me rendre utile auprès de ceux qui sont atteints par la maladie ou le malheur mais les mots me manquent pour les réconforter, je les trouve tellement vains. On m'a parlé du témoignage d'une maman ayant perdu ses deux filles et son fils qui raconte comment elle a traversé cette terrible épreuve. Elle explique comment chez elle la douleur cohabite avec la paix parce qu'elle dit être consolée[3]. Peut-être reviendrons-nous sur ce sujet mais il me semble que cette réalité nous dépasse et qu'elle touche au domaine divin. Il y a là un combat que livre le mal contre le bien dont nous n'avons pas toutes les données.

L'ambiance devenait pesante dans la salle de café...

> « Pourquoi as-tu abandonné la religion de tes pères ? » *lance à brûle-pourpoint une dame qui portait en pendentif la ménorah, un petit chandelier à sept branches.*

L'âne, piqué au vif, ferme les yeux, prend un temps de silence comme si, justement, il invoquait ses ancêtres juifs.

Juif ou chrétien ?

– Je ne l'ai pas abandonnée. Je me situe toujours dans cette lignée comme l'a fait Jésus qui a toujours fait remarquer à ses contradicteurs qu'il ne détruisait pas le judaïsme mais qu'il l'accomplissait. Et il a payé très cher ce malentendu, car il a été

[3] Anne-Dauphine JULLIAND, *Consolation*, Les Arènes.

effectivement mal compris. Il a dû bien des fois, lors de sa prière, répéter « écoute Israël » en pensant au nombre de fois où il a été mal écouté. Et il était assez familier de la Loi pour savoir que la création avait capoté à cause d'un grave malentendu originel. Dieu avait voulu faire l'homme « à son image » et Adam, dans sa mégalomanie, en avait conclu qu'il allait être Dieu, bien aidé en cela par le maître du mensonge dénommé Satan. Oui, Jésus lui-même l'a rappelé avant de mourir : « Combien de fois ai-je voulu vous rassembler comme une poule rassemble ses poussins… » (Matthieu 23, 37) Il n'a pas renié ses pères, il a voulu répondre au-delà de leurs attentes.

Et pourquoi pas les autres dieux ?

> « Mais à cette époque la Palestine avait subi des occupations étrangères qui avaient laissé leurs traces et aussi leurs dieux. Pourquoi n'as-tu pas été séduit par exemple par les dieux grecs ou romains dont les fidèles occupaient ta patrie quand tu étais à Nazareth ? Nous voyons aujourd'hui que dans certains milieux "il est tendance" comme l'on dit, de piocher dans les traditions orientales pour satisfaire son besoin de spiritualité. »

La question, à n'en pas douter, émanait d'un « académicien » du sel qui avait étudié l'histoire.

L'âne reprend plusieurs fois sa respiration...

– Je vais peut-être vous étonner mais j'ai choisi de rester dans la tradition judéo-chrétienne parce qu'elle ne reniait pas la raison et qu'elle faisait une belle alliance avec elle. J'avais l'impression que pour adopter certaines religions païennes, il fallait abdiquer le désir de comprendre. Ne réfléchis plus, crois seulement et tu seras sauvé ! Quel a été mon cheminement ?

De mes années de jeunesse totalement imprégnées des « mémoires » de mon peuple consignées plus tard dans la Bible, j'ai gardé le réflexe de regarder et de « lire » le livre du monde tel qu'il est et tel qu'il nous a été donné. Il est pour moi la parole de Dieu première, immédiate. Et pour la déchiffrer, j'utilise, tout simplement, l'outil commun, donné à tous, qu'est la raison, comme je l'ai fait avec vous jusqu'à maintenant.

Je me sers aussi de mon expérience du monde animal. On ne se refait pas ! Ne vous étonnez donc pas si je pioche mes idées aussi bien dans les soupentes sordides où l'on fait dormir mes frères les ânes, dans les étables et écuries où se retrouvent les autres animaux, comme dans les salles à manger qui délient les langues des êtres humains. On a souvent employé le même vocabulaire pour décrire les caractéristiques des uns et des autres. On a parlé de la placidité du bœuf, de l'entêtement de l'âne, de la noblesse du lion, de la fidélité du chien. Dans les textes qui relatent mes origines (ceux de la Bible), les animaux sont omniprésents. La palme revient aux moutons, brebis et agneaux. Ils sont cités 352 fois et je ne compte pas les chiens, les chèvres et chevreaux qui les accompagnaient dans leurs transhumances. Il fallait bien fournir la fête de la Pâque qui immolait un agneau par famille ! Bœufs et vaches suivent et apparaissent 182 fois dans les comptes rendus de la vie quotidienne en Palestine. Quant aux ânes et ânesses, nous figurons en bonne place avec 138 citations, sans ajouter les onagres nos frères sauvages.

Je ne fais aucune comparaison désobligeante mais le mot « chrétien » n'apparaît que 7 fois. Vous me direz que c'est un chiffre parfait ! Il y a donc plus d'ânes que de chrétiens dans la Bible ! Et comme j'ai vécu plus de 2000 ans, j'ai pu constater l'évolution de la condition animale et le rapprochement qui s'est opéré entre elle et la société humaine. Ne demande-t-on pas à mes amis de la race chevaline d'entrer dans les maisons de retraite pour apporter le bien-être de leur contact auprès des anciens ? Il arrive aussi que l'on introduise des chiens dans les prétoires pour aider l'expression des victimes quand la parole se fait trop douloureuse. J'ai appris aussi qu'autrefois une loi imposait de sacrifier tout premier né sauf celui de l'âne qui pouvait être racheté à l'instar de celui de l'homme. Je n'ai donc aucun scrupule à m'adresser aux uns comme aux autres et à confondre les expériences que les uns et les autres ont de la vie et de la société. C'est bien la colombe qui a appris à Noé que l'eau du déluge se retirait et qu'une nouvelle création pointait ses tendres bourgeons ! Voilà pourquoi la colombe figure souvent dans les tableaux représentant la création car « l'Esprit de Dieu planait sur les eaux », dit le texte.

L'indispensable raison

– Vous savez que pour porter des charges conséquentes, les ânes sont pourvus d'un bât qui sert à bien équilibrer le poids pour ne pas chavirer sur les sentiers scabreux. Les bons maîtres ajoutent même une peau de mouton sur notre dos pour que le frottement des barres de bois ne nous blesse pas.

J'ai toujours considéré que pour porter le poids de la vie et envisager mon avenir et celui du monde, il fallait garder l'équilibre entre la raison et la foi. Elles sont comme « les deux ailes » de la pensée, disait le pape Jean-Paul II. C'est bien une question d'équilibre. Car la foi sans la critique de la raison risque de tomber dans le fanatisme violent et la raison sans le guide de la foi s'égare dans l'idéologie totalitaire. Le dernier siècle, chez vous, en a donné une triste illustration ;

quant à celui-ci, il risque de sombrer dans l'obscurantisme religieux.

Je constate aujourd'hui que la réflexion cède le pas à la dévotion. « Mets-toi à genoux et prie »! Cette façon de faire semble convenir à des personnes qui ont déjà emprunté, sans succès, tous les chemins qui s'offraient à elles et qui explorent pour la première fois une terre vierge. C'est le cas des jeunes générations. Ce fut celui de certains itinéraires exceptionnels dont sont témoins les Pascal, les Claudel et les Charles de Foucauld. Cependant, à l'image de ces grandes figures, les nouveaux convertis ne feront pas l'économie du recours à la raison s'ils veulent donner une certaine cohérence au contenu de leur foi et s'ils veulent l'exposer à la curiosité et à l'appréciation des autres.

Entendons-nous bien. Je ne préconise pas une « foi raisonnable » qui évacuerait pour les chrétiens la « folie de la croix » ou « rationnelle » qui s'inscrirait dans « les limites de la raison pure », mais une « foi raisonnée » qui ne néglige pas de se laisser interroger par les apports de la raison ou de s'appuyer sur eux. Je sais que saint Paul dans sa première lettre aux Corinthiens rabat la folle prétention des « raisonneurs de ce siècle » à vouloir répondre à l'ensemble des mystères de la vie humaine. Il oppose à cette sagesse des hommes la folie de la croix pour mieux mettre en valeur le renversement qu'elle opère chez le croyant

(1 Corinthiens 1, 8). Cela dit, lorsqu'il s'est adressé aux Athéniens, il a tablé sur leur tradition culturelle (Actes 17, 22) comme il a recommandé aussi aux Philippiens de porter à leur actif « tout ce qu'il y a de vrai, de noble, de juste et tout ce qui mérite éloge » (Philippiens 4, 9). Dans sa lettre à Tite (2, 12) il affirmera aussi que la grâce, issue de cette folie de la croix, rendra le chrétien « raisonnable » au sein d'un monde perverti.

À l'appui de ceux qui préconisent le geste avant la parole, il faut souligner que l'acte de foi est toujours, en même temps, adhésion de l'esprit et mise en œuvre pratique. Le « je suis croyant mais pas pratiquant » ne peut pas se concevoir sous le mode chrétien. Encore faut-il se mettre d'accord sur ce que recouvre cette « pratique ». Par ailleurs, il ne faut jamais oublier que l'on peut « honorer seulement des lèvres » alors que le « cœur » ne suit pas. Quoiqu'il en soit, la distance entre le geste et la parole est toujours une trahison, même si l'on peut admettre qu'un reste de pratique ou qu'un soupçon de foi puisse servir de « mèche qui fume encore » et faciliter une nouvelle mise en lumière.

Ce détour par la raison doit vous laisser songeurs car nous, les ânes, nous ne sommes pas réputés pour en faire un usage immodéré. Vous vous souvenez d'une époque où les mauvais élèves étaient affublés d'un bonnet censé attirer les railleries des petits camarades sans pitié. La fable de l'âne de Buridan qui hésita jusqu'au trépas entre l'eau et le grain a fait de nous les champions de l'indécision et de la bêtise. Mais qu'aurait-on dit si cet animal s'était jeté sur l'avoine jusqu'à s'étouffer ? L'hésitation, parente du doute, n'est-elle pas un préalable à toute réflexion ?

Cette recherche de l'équilibre dans l'usage simultané de la raison et de la foi attire beaucoup de critiques et en particulier celles de trahir la pure doctrine, d'amollir l'engagement du croyant et d'édulcorer le message incisif originel qui en perdrait tout son sel. Certains m'accuseront même de me vendre au monde actuel en épousant ses valeurs et ses idées, par nature opposées à celles qui ont fait leur preuve dans le passé. Or, je sais par expérience que si je n'entre pas dans ce qui fait la pâte de la vie quotidienne de mes frères humains et si je ne parle pas leur langage, celui de la raison, ils me répondront comme le firent les Athéniens à la suite de la vigoureuse homélie de Paul au sujet de la résurrection des morts : « Nous t'écouterons sur ce sujet une autre fois. » Fort de cette conviction, j'essaie toujours d'ancrer ce que j'ai à dire sur le « vu et entendu » de mes relations ou expériences quotidiennes. Sans toutefois me faire des illusions sur une adhésion spontanée et enthousiaste de mes auditeurs ! Ce souci de vous rejoindre sur le terrain de la raison, même si de nos jours il est de plus en plus grignoté par celui des passions, vous explique la manière dont j'ai essayé de répondre aux questions que vous m'avez posées, et c'est de la même façon que je procéderai pour entrer plus avant dans le domaine de la foi. Je n'oublie pas cependant que l'événement déterminant pour moi a été la rencontre de Jésus. Depuis le jour où il a pris mon dos comme moyen de locomotion pour nous apprendre qu'il venait chez nous avec humilité, je ne l'ai pas quitté (Matthieu 21, 1). Il appelait Dieu « Mon Père et votre Père »; ma vie et ma religion en furent bouleversées.

Des croyants et des non croyants

L'incongruité de cet animal discoureur ne passe pas inaperçue dans les cités thermales. Mais quand il se présente comme « l'âne de la crèche », « quelle crèche ? » interrogent les plus jeunes. Ils pensent à la crèche-garderie qu'ils ont fréquentée au début de leur existence. Malgré l'allongement considérable des études, les lacunes culturelles deviennent des océans. Pour les seniors, il s'agit bien de celle de Bethléem et quelques-uns ont encore en mémoire ces petites cabanes en miniature blotties au pied du sapin de Noël qui abritaient l'enfant Jésus, les bergers, l'âne et le bœuf. Pour la plupart de ses camarades de piscine, cependant, sa présence intrigue mais la surprise s'estompe dès les premières explications données. Sa longévité et sa parole ne surprennent guère ceux que les succès de la science enthousiasment à l'heure du transhumanisme et de l'homme augmenté à perpétuité. Alors, pourquoi pas un âne, surtout s'il a fréquenté des mages venus d'Orient experts en toutes connaissances !

Par contre, le fait d'affirmer sa foi en Dieu, calmement, sans provocation inutile, soulève l'incompréhension la plus totale. L'un d'eux, ancien révolutionnaire de 1968, ne peut cacher sa réprobation :

« Tu as beau être un âne, comment peux-tu ajouter foi à ces élucubrations religieuses qui sous prétexte de spiritualité cachent des systèmes d'oppression et de mise au pas de peuples tout entiers au service des puissants ? Ce monde inquiétant et à la limite de l'absurde dont tu fais la cause de notre mal être et de notre désarroi, a été jusqu'à nos jours un monde religieux. Quelle plus-value les religions ont-elles généré ? Il y a quelques décennies, un grand journaliste, Jacques Chancel, concluait la radioscopie de ses invités par la question rituelle : "Et Dieu dans tout ça ?" Crois-tu qu'il terminerait de la même façon aujourd'hui ? Il s'en garderait bien. Au mieux, Dieu a disparu de nos références, au pire il n'engendre que méfiance et répulsion. Le monde a changé de logiciel, il serait temps que toi et tes camarades vous en preniez acte. »

Le bal masqué des incroyances

– Je regrette que mon compagnon d'étable ne soit plus à mes côtés. Lui qui à l'origine était païen saurait se faire entendre mieux que moi, bien que les païens de son temps fussent des gens très religieux. Je suis donc sommé de m'expliquer et pardonnez-moi si j'abuse de votre patience, mais les ânes n'ont pas la réputation d'être très rapides et le sujet est tellement flou qu'il demande de nombreuses précisions.

L'incroyance n'est pas en bonne santé

– Mes amis non croyants, laissez-moi d'abord vous remercier d'être qui vous êtes et de m'accorder votre amitié. Je connais votre assiduité au travail, vos engagements solidaires, les soins que vous prodiguez à votre famille, votre droiture, votre rigueur, votre générosité, votre courage dans l'épreuve, votre fidélité à la parole donnée. Je sais que tout cela repose sur des convictions fortes et des valeurs assumées. Oui, je suis souvent rempli d'admiration à votre égard et ne voyez pas dans cet aveu une quelconque démagogie de ma part. On me reproche parfois de frôler la naïveté. Pourtant, Jésus, que j'ai fréquenté, n'avait pas caché son admiration spontanée vis-à-vis de cet officier romain et païen, qui lui demandait d'intercéder pour son serviteur malade (Matthieu 8, 10-11). Je sais aussi que vous n'êtes pas à l'abri, comme moi, de dérapages dangereux, de compromissions inavouées, de contrats frauduleux et de petits calculs mesquins. Autant de dommages collatéraux dus à la vénération sans borne que nous offrons à notre ego qui nous tient lieu de dieu portatif.

Je reviendrai plus tard sur cet héritage que nous avons en commun, mais je tenais à vous dire que votre façon de vivre m'a toujours interrogé et à contribué à me remettre souvent en question. Oui, merci mes amis! En opposant une résistance à la foi, vous m'obligez à brûler les images trop naturelles et trop familières de Dieu auxquelles je m'étais accoutumé. La relation à Dieu ne peut pas devenir une habitude. Mais quitte à vous surprendre, je dois vous dire à mon tour, que l'incroyance n'est pas en pleine forme.

Je me souviens des temps où l'incroyant n'existait pas. Chacun avait ses dieux qui donnaient une explication au monde environnant. Pour le marin : les dieux des abîmes, de l'ouragan ou de la tempête pilotaient ses activités. Pour le paysan : la lune, la pluie, la fécondité formaient l'équipe première de la divinité. Pour le caravanier du désert : le vent, les astres, l'eau de la source cachée imprégnaient son univers religieux. Les philosophes grecs, eux-mêmes, qui avaient donné à la raison et à la sagesse une place insigne, n'avaient pas supprimé le monde divin et ses mythologies. Jusqu'à une période récente, environ trois siècles, rares étaient ceux qui contestaient l'existence d'un ou plusieurs dieux. À partir du XVIIe siècle, la raison a pris ses libertés par rapport aux croyances. Cependant, les révolutionnaires français admettaient encore un être suprême. La rivalité de ces deux verbes, croire et savoir, a fini par éclater au grand jour. Et lorsque la pensée scientifique s'est imposée comme le seul critère de la vérité, la foi a fait l'office d'un organe témoin de l'enfance, trop crédule, de l'humanité. Au vingtième siècle, de grands philosophes athées adulés par « l'intelligentsia » ont éclipsé ceux qui laissaient encore quelque chance au « Dieu des philosophes et des savants ». Mais ce triomphe de l'athéisme, du moins dans la partie européenne du monde, rendait possible un dialogue exigeant. L'athée savait pourquoi il l'était et, en général, connaissait assez le vocabulaire chrétien pour que l'échange soit fructueux et situe la réflexion à un certain niveau.

L'athéisme, parfois agressif, a laissé la place à une molle incroyance. Terme suffisamment flou pour abriter sous son aile une multitude de postures qui va du « je ne suis pas croyant » – en quoi ? en qui ? non précisé – à « ces vieilleries ne m'intéressent pas à l'heure où la science et la technique ont réponse à tout » ! Ce qui m'inquiète, chez certains d'entre vous, c'est cette incroyance à court terme, satisfaite d'elle-même, qui se nourrit d'absolus transitoires et qui va de l'avant les yeux baissés sur des objectifs temporaires sans jamais s'inquiéter de la destination finale du chemin. Ce constat d'indifférence tranquille relève davantage d'un avachissement de la pensée que du résultat d'une recherche patiente et rigoureuse. Je parle à dessein d'avachissement car il y a dans cette posture quelque chose qui s'apparente à la rumination de la vache qui se satisfait de sa fonction nourricière. Il s'agit souvent d'une incroyance provisoire, d'une mise entre parenthèse de questions jugées superflues pour le présent dont l'examen jugé trop incertain est toujours remis à plus tard.

Quelques types de non croyants

On trouve dans cette vaste dénomination, les « a-prioristes », c'est-à-dire ceux qui jugent nul et non avenu tout ce qui ne se constate pas, ce qui échappe à nos sens ou ce qui ne se prête pas à une démonstration mathématique, tout ce qu'a priori ils refusent d'examiner. Non sans une pointe de condescendance et de mépris à l'égard des croyants, ils estiment que tout cela n'est « qu'âneries » ou histoires à dormir debout. Vous comprenez que je me sente concerné !

Je suis embarrassé quant à l'attitude à tenir vis-à-vis d'eux. J'ai envie de les planter là et de « secouer la poussière » de mes sabots comme Jésus le recommandait à ses disciples quand ils n'étaient pas bien reçus (Luc 9, 5). Ils me rétorqueraient aisément qu'ils appliquent la consigne de Thomas, l'apôtre, qui voulait voir et toucher avant de croire (Jean 20, 25). Alors, je leur laisse mon adresse pour le cas où, un jour, une de ces questions laissées en jachère les attaquerait dans le dos.

J'ai également rencontré les adorateurs de la science. Tout ce qui ne porte pas le label « scientifique », décerné souvent par eux-mêmes, n'a pas droit de cité et doit être rejeté dans les ténèbres de l'obscurantisme. Ils oublient souvent que les découvertes scientifiques ont donné aux malfaisants des armes qui ont semé la mort et la souffrance à une échelle jamais atteinte depuis que le monde existe. Les vrais savants ont appris à douter et sont moins affirmatifs quand ils atteignent, à la pointe de leurs déductions, les questions qui touchent à l'origine ou à la fin du monde. Malheureusement, la science ne délivre pas son mode d'emploi et reste muette sur l'existence ou non de Dieu.

Il existe aussi en France une catégorie spéciale de « laïques » qui tiennent à distance du domaine public toutes les religions, celles-ci ne devant concerner que le privé et le for intérieur, tellement intérieur qu'il en devient parfois introuvable. La laïcité à son origine avait consacré l'égalité de toutes les religions ou de toutes les familles de pensées devant l'État. Elle s'est transformée chez nombre « d'influenceurs » des consciences en un laïcisme soupçonneux, inquisiteur et dénigreur qui confine à cette intolérance si souvent reprochée aux religions.

Il faut ajouter, pour certains, la crainte d'une remise en question brutale d'une vie que l'on préfère conforme à la pensée unique contemporaine sur ces sujets par trop clivants. « Je suis venu mettre le feu… apporter la division » (Luc 12, 51). Au mieux, on se déclarera prudemment agnostique (qui ne sait pas) jusqu'à plus ample informé. Ne pas se déterminer laisse une porte de sortie ouverte. Je vous dirai qu'au sens propre du mot, je suis moi aussi agnostique. Car je ne sais pas si Dieu existe au moyen de ma seule connaissance, je crois qu'il est. Il y a une nuance !

Un ami de piscine qui avait été professeur d'université me disait joliment : « Jeune, j'étais croyant mais la foi m'a quitté ! » Refusait-il la responsabilité de sa défection ou s'en excusait-il, mais auprès de qui ?

Des croyances à foison

Selon les apparences, l'incroyance règne dans toute sa splendeur dans la société européenne mais à y regarder de près, elle est moins assurée qu'elle n'y paraît. Plus le champ de la science se spécialise, plus celui de la raison se remet en question et plus celui de la crédulité explose. Et quand l'exploitation de celle-ci emprunte l'extraordinaire capacité des réseaux sociaux ou de la publicité, les dégâts sont considérables. La crédulité devient l'arme favorite et redoutable de tous les malfrats qui profitent d'elle pour allécher le client et l'enserrer dans son filet de soi-disant certitudes approuvées par un comité reconnu et compétent. Crédulité n'est pas croyance, mais la limite n'est pas toujours bien claire.

Que dire alors de ce qui se passe dans d'importants domaines de la vie en société et qui battent régulièrement en brèche l'incroyance officielle.

– Ces « professions de foi » des hommes politiques qui croient en leur destin, à leurs multiples compétences confirmées, à leur aura qui rassemblera les suffrages, à leur vision clairvoyante de l'avenir. Et qui, dans un élan irrésistible venu des profondeurs de l'histoire, croient encore et toujours en la grandeur de la France et en la triade de la devise républicaine !

– Ce match de rugby qui se solde par une victoire sur les All Blacks qualifiée « d'un véritable acte de foi de la part des Français qui ont affiché une croyance inébranlable en leur valeur ! » On se demande qui a pu proférer cette envolée quasi mystique ? Tout simplement un ancien joueur enthousiaste qui ne descendait pas d'une chaire mais d'une tribune du parc des Princes (journal *La Croix* 22-11-2021).

– La foi, encore, accordée sans condition à la bienveillance du hasard par les habitués des comptoirs qui cochent depuis des lustres les chiffres de leur date de naissance.

– Ces médecines parallèles qui rivalisent de guérisons spectaculaires alors que la faculté échoue et que le mal empire. Ce n'est pas sans un peu d'ironie que j'entends mes camarades plâtrés de boues miraculeuses jeter à la cantonade : « Il faut y croire sinon ça ne marche pas. » Les mêmes hausseront dédaigneusement les épaules lorsqu'ils entendront Jésus répondre à l'aveugle guéri : « Ta foi t'a sauvé » (Marc 10, 52) !

– Ces « gris-gris » que l'on dispose à proximité du carton du loto pour qu'ils influencent l'arrêt de la boule qui donnera le bon numéro. Les « je touche du bois » pour que le souhait qui vient d'être proféré puisse être exaucé. Etc.

Mes amis qui vous dites « non-religion » comme se désignent actuellement les areligieux qui ne se veulent pas pour autant athées, ou non croyants, veuillez préciser de quelle religion ou de quel dieu. Vous serez surpris d'apprendre que nous partageons souvent le même athéisme !

Des croyances à usage personnel

– Les croyances peuvent encore compter sur des lendemains prospères car il faut ajouter à cette multitude d'adeptes précités, celle qui se réfugie sous la nébuleuse des « je suis croyant à ma façon » ! Cette expression est apparue avec la vague d'individualisme qui a déferlé sur la deuxième moitié du XXe siècle. La hantise de la faim étant jugulée, le spectre des guerres européennes s'étant éloigné (croyait-on !), les calamités naturelles étant plus ou moins sous contrôle, le niveau de vie assuré pour une majorité des citoyens, la mobilisation de tous au service de la collectivité n'était plus d'actualité. On a jugé obsolètes les repères et les références communs qui faisaient l'unité d'une nation ainsi que la nécessité d'un pouvoir suffisamment fédérateur et éclairé qui soit un guide en cas de danger.

Finie l'époque où la parole de l'instituteur qui souvent assurait le secrétariat de la mairie était prépondérante ; où le croyant face à une question embarrassante renvoyait son interlocuteur chez le curé qui, lui, de toute évidence, devait savoir. Il convient d'ajouter à tout ceci l'effet du rouleau compresseur de la mondialisation. Non contente de brouiller la langue commune en la chargeant d'un vocabulaire international, elle mélange dans un même tonneau des spiritualités exogènes à la tradition judéo-chrétienne. Chacun, alors, s'installe dans son chez soi culturel souhaitant qu'il en soit de même pour les autres sans s'en préoccuper outre mesure puisque l'État garantit les libertés. Les grandes idéologies et les religions qui donnaient encore une assise intellectuelle et morale à la dimension altruiste indispensable de la vie en commun, ne pouvaient que disparaître. Désormais on n'entendrait plus que : « Moi je pense que… Moi je crois que… »

La nature nouvelle déesse

– L'actualité de ce début du XXIe siècle vient au secours de cette réflexion sur le monde des croyances. Un nouveau rapport avec la nature, fait de soumission et parfois de dévotion, s'impose de plus en plus, alors que l'homme du XXe siècle se comportait comme son maître et son seigneur. Déçus par le règne de l'homme qui se solde partout sur la planète par une sorte de « culture du déchet » selon la formule du pape François, des jeunes très actifs et organisés veulent renverser le cours des événements. Selon eux, ce n'est plus l'homme qui dictera la loi à la nature mais le contraire. C'est elle qui s'imposera à lui et qui l'intégrera à son destin dans la mesure où il aura la sagesse de se lover dans la biosphère sans vouloir la marquer de son empreinte. Une sorte de néopanthéisme est né dont la nature est la déesse adorée.

À la faveur des bouleversements climatiques et des catastrophes naturelles, l'être humain se rend compte qu'il est entièrement tributaire de la matrice qui l'enveloppe. La fonte des glaciers des Alpes ou celle des icebergs de l'Arctique menace l'existence de nombreuses populations côtières et les migrations qu'elle provoquera, impacteront, nous dit-on, toutes les autres parties du monde. L'idée que la terre est mortelle entre dans le cerveau de l'humanité. N'ai-je pas entendu que des jeunes adolescents étaient victimes de dépressions nerveuses dues à ces « peurs climatiques » ? Et lorsque, en outre, un virus mutant s'infiltre insidieusement dans tous les contacts humains, c'est la nature même de l'homme qui en est affectée car il est avant tout un être de relations.

Avec la conscience de plus en plus aiguë de la mort universelle, celle de la limite fait son retour. Jusqu'au XXe siècle, la terre et le ciel gouvernaient les activités humaines. Quand le soleil artificiel et les composants chimiques ont colonisé l'agriculture mondialisée, quand l'informatique et la robotique ont envahi l'industrie, l'appétit démesuré de l'homme a franchi toutes les limites. Mais la transformation de la planète en un laboratoire mondial et la pollution des océans transformés en un gigantesque dépotoir obligent à reconsidérer le problème de la régulation de l'activité humaine. Vers quel continent va-t-on désormais diriger l'inventivité parfois délirante qui s'empare de l'être humain ? Certains milliardaires n'envisagent-ils pas de transporter les activités polluantes dans l'espace ? Non contents d'épuiser la terre, ils vont aller « saloper » le ciel ! Mais si l'homme doit poser des limites à ses activités industrieuses et matérielles, où va-t-il pouvoir épanouir cette soif d'infini qui le caractérise parmi tous les autres vivants ?

« L'homme passe infiniment l'homme », reconnaissait Pascal mais le danger est là que dans son effroyable et glaciale performance, il ne devienne sa seule et unique référence. Laisser la raison ouvrir la question de l'existence possible de Dieu aurait au moins pour avantage d'obliger l'homme à n'être plus son seul seigneur et maître. L'existence d'un Autre, certes me limite, mais en même temps, elle pose mon identité singulière, la distingue et la nourrit. Si l'autre est indispensable à l'affirmation de mon « je », l'ÊTRE ou le « JE SUIS » (traduction de Yahvé) pourrait éviter à tous les autres êtres de n'avoir pour perspective que le néant.

Alors, Dieu ou pas Dieu ?

– Dans tous les cas, la réalité de la mort universelle, entrevue et assurée, installée dans nos esprits, ne nous permet plus de nous réfugier dans une foi naïve en la vie ou en l'homme. Et si, en outre, le ciel est vide, il ne nous reste plus qu'à crier « Vive la mort ! » ce qui dans les termes est le comble de l'absurde.

Dieu ne se prouve pas, il faudrait pour cela qu'il s'impose à notre raisonnement. Au mieux, il se dévoile par signes fulgurants ou discrets selon l'attente et la sensibilité de chacun. Toutes les religions sont les témoins de l'histoire de ce dévoilement depuis le moment où l'être humain a entouré la mort de ses congénères de rites et de signes. La Bible, tout au long de ses livres, depuis la nuée du Sinaï jusqu'au voile déchiré du Temple, n'est que le déploiement sans cesse recommencé d'une Présence qui éclaire la nôtre.

Des religions

Ce bémol posé sur l'incroyance laisse le public sur sa faim. Soucieux de maintenir un intérêt à ces échanges du soir bien qu'ils se réduisent souvent à un monologue de l'invité, le président prend la parole :

« Nous voulons bien te croire lorsque tu nous dis que c'est par une démarche de la raison que tu as approché la question de Dieu. Mais comment accorder crédit à toutes ces religions qui se réclament chacune du vrai dieu ? Penses-tu que nous ayons envie de croire à un paradis qui récompenserait celui qui se fait exploser au milieu d'une foule, à un monde fabriqué en six jours, au bonheur des pauvres, des justes et des affligés ? Crois-tu que nous puissions adhérer à ces discours qui prônent la violence, qui maintiennent les femmes dans un état de mineures ou qui refusent le progrès de la médecine ? Les croyances sont peut-être floues et infantiles mais elles ne prétendent pas s'imposer à tous et font moins de dégâts que les religions officielles ! »

Vaincre les limites en cherchant des alliances

– L'expérience de la limite favorise l'éclosion des religions. Les éléments naturels ont souvent anéanti les efforts fournis par l'être humain pour se nourrir, s'abriter, se défendre contre les bêtes. Ses performances se sont tôt ou tard heurtées à l'obstacle de l'autre, quel qu'il soit. La victoire, un jour ou l'autre a changé de camp, les dieux des voisins ont imposé leur emprise et sont venus remplacer ou transformer la tradition religieuse des vaincus. Le frère n'a pas hésité à éliminer son jumeau, l'envie et la jalousie se sont avérées comme congénitales à l'amour fraternel. Pas étonnant alors que les fils des hommes aient invoqué les puissances supérieures pour vaincre l'adversité qui se présentait à eux à chaque instant. Ils ont ainsi échafaudé un monde surnaturel comme un double du leur mais surmultiplié et auprès duquel ils pouvaient trouver l'aide nécessaire pour dépasser les obstacles qui les entravaient. Capter à son avantage les puissances obscures de l'eau, de la terre, de la fécondité, de la lumière, de la bête a été une des premières activités de l'homme religieux et la conséquence directe d'une vision de l'univers divisé en deux mondes : celui des dieux et celui des hommes, celui du ciel et celui de la terre, celui du sacré et celui du profane. Et le rôle de la religion est de relier, comme le mot l'indique, ce qui ne peut que s'opposer, de sorte que le monde divin vienne soutenir celui des humains et ne l'écrase pas. La tâche n'était guère difficile quand les dieux foisonnaient et se spécialisaient.

Il fallut même établir une hiérarchie entre eux pour éviter l'anarchie divine et surtout éviter les conséquences désastreuses qui en résultaient sur la terre lorsqu'ils se contredisaient et se combattaient. Étant donné que les dieux avaient été conçus à l'image du « surpuissant », chaque croyant trouvait dans le ciel celui qui correspondait à la situation extrême qu'il vivait et d'où il pouvait espérer s'échapper. Les prophètes de Jézabel, en période de sécheresse, s'adressaient naturellement aux dieux baal qui présidaient à la fécondité des récoltes et déclenchaient l'averse bienfaisante (1 Rois 18, 20). Le problème se compliquait lorsqu'un seul Dieu s'arrogeait tous les pouvoirs, celui de retenir la pluie et celui d'ouvrir les vannes du firmament. Le monothéisme a multiplié les difficultés.

Les religions les plus élaborées évitent de donner une définition de Dieu ; elles se réclament plutôt d'une révélation de son mystère répondant à la foi et à l'expérience de la vie des croyants. Certes, elles ne sont pas privées d'écrire des kilomètres de rayonnages de parchemins, d'incunables, de sommes, de thèses sur la nature, l'existence, l'action, la puissance, la justice, la volonté, la parole, le silence, l'impassibilité, l'éternité des dieux ou de Dieu... Cette production intellectuelle qui s'accumule au fil des siècles et des cultures comme un trésor de l'humanité, a au moins l'avantage de prouver qu'on n'en finira jamais de l'approcher. Chaque génération s'appuyant sur cet océan de commentaires croit avoir trouvé la clé du Saint des saints mais elle doit reconnaître tôt ou tard qu'elle ne fait que reculer ou déplacer le trône divin. L'apôtre Paul, le premier à avoir disserté sur le salut des nations et donné des consignes précises aux premiers chrétiens, ne se faisait aucune illusion sur la possibilité d'atteindre Dieu : « Quelle profondeur dans la richesse, la sagesse, la science de Dieu... ses chemins sont impénétrables. Qui a connu la pensée du Seigneur ? » (Romains 11, 33)

Créer une harmonie entre le ciel et la terre de telle sorte que les humains puissent bénéficier des faveurs divines a toujours été le souci des croyants. Comment y parvenir si ce n'est en conformant toute la vie humaine à ce que l'on croyait être la volonté des dieux de sorte que rien n'échappe à leur maîtrise et à leur influence ? Il fallait donc établir des passerelles ou des alliances entre les deux mondes et mettre en place des prêtres, des rites et des sacrifices, tout un monde religieux intermédiaire, apte à normaliser les liens entre la terre et le ciel afin de réguler la puissance divine et d'assurer la survie du cosmos. Mais dans cette opération qui a capté l'autre ? Est-ce la divinité qui a vampirisé l'humanité ou l'homme qui a pris Dieu en otage ?

Des civilisations

– Dans la cité idéale, le sage définit ce qui est juste et le politique le met en œuvre en exerçant le pouvoir. Mais il arrive que ce qui est juste dans telle circonstance ne le soit pas dans une autre. Il arrive aussi que le fort veuille imposer sa propre justice. Il faut donc donner à la justice un caractère sacré et inviolable. C'est ici qu'intervient la religion. Quand elle parvient à réaliser, après bien des luttes d'influence, de compromissions et d'instrumentalisations réciproques une symphonie entre sagesse, croyances et pouvoir, elle fait naître une civilisation dans laquelle les us et coutumes sont auréolés d'une origine divine tandis que les rites religieux entrent dans les habitudes sociales. Qu'une civilisation agraire vive au rythme du calendrier liturgique au point que la fête de chaque saint corresponde à telles semailles ou à telle récolte a été perçu à une époque comme le sommet atteint par ce que l'on a pu appeler la chrétienté. Il en était de même de la coïncidence des dates de congés avec les grandes fêtes religieuses.

On peut en effet considérer que cette osmose entre le sacré et le profane qui a généré des civilisations séculaires puisse être considérée comme une des plus belles réussites de l'expérience humaine. Le patrimoine de l'humanité qui est parvenu jusqu'à nous et dont nous bénéficions encore en a été grandement enrichi.

Mais ce que nous considérons comme une coïncidence réussie entre la volonté de Dieu et l'œuvre des hommes ne sonne-t-elle pas le glas de la religion ? Pour s'imposer comme la voie du salut pour la multitude, elle eut souvent recours, comme nous l'avons vu, à l'appui de la puissance civile. Et celle-ci n'a-t-elle pas, que de fois, instrumentalisé la religion pour se maintenir au pouvoir ? Pour ce qui concerne le christianisme cette collusion n'a pu se faire qu'au détriment de son message originel. Et voilà que son effondrement dans la société occidentale nous rappelle que Dieu, et en particulier le Dieu de Jésus Christ, ne peut jamais coïncider avec une société ou une institution aussi religieuse qu'elle soit. On ne pourra jamais mettre la main sur lui, le réduire à un catéchisme ou l'installer dans une liturgie immuable. Il s'échappera même du sacré dans lequel les grands prophètes le maintenaient, en venant parmi nous dans l'humble condition d'un fils de charpentier. Les religions, si elles veulent approcher le « Dieu Vivant » doivent être vivantes elles aussi. Elles naissent, se développent, prospèrent, régressent, meurent et renaissent. Comme la foi de chacun qui évolue au rythme de son histoire, de ses découvertes, de ses enthousiasmes, de ses marches dans le désert, de ses morts apparentes et ses résurgences.

Mes amis, vous vouliez m'entendre au sujet de ma foi. Il ne me semble pas inutile d'avoir fait ce long détour par quelques questions ouvertes avant de vous dire ce que je crois et surtout en qui je crois. Parler de ma foi suppose que je connaisse un peu l'univers culturel qui est le vôtre pour que ma parole puisse se greffer sur des notions qui vous sont familières.

Au début de notre ère, Jean le Baptiste ou Jésus appuyaient leur message sur un monde religieux connu : celui des Juifs ou des Grecs. Quand il annonçait sa Bonne Nouvelle, Jésus s'adressait à des gens qui avaient les mêmes références et les mêmes croyances. Sa tâche de prédicateur en était facilitée. Si j'ai fait tous ces détours par les méandres de la raison humaine, c'est bien parce que vous n'avez plus de culture commune à part celle de la consommation. Si je ne m'étais adressé qu'aux anciens chrétiens ou aux nouvellement convertis ou encore aux pratiquants actuels, j'aurais considérablement restreint mon auditoire. J'ai voulu m'adresser au plus grand nombre au risque d'en fatiguer quelques-uns. D'ailleurs, je vois que le nombre des assidus diminue. Ne faut-il pas mettre un terme à cette expérience qui a eu le mérite d'exister même si elle n'a pas conquis les foules ? Monsieur le président, je m'en remets à votre sagesse pour la suite des événements...

Et voilà qu'Henri profite du brouhaha de la fin de séance pour déposer sans un mot une enveloppe sur la table du président et s'esquive rapidement. Je ne résiste pas au plaisir d'ajouter à mes notes cette longue « profession de foi » d'un ancien croyant. Henri ne fait pas partie de ceux qui ont besoin de se faire pardonner d'avoir été croyants et qui ne peuvent aborder les sujets religieux sans manifester une hargne et une agressivité qui rend toute discussion impossible. Avec ceux-là deux solutions : attendre que « ça » passe ou les brancher sur leurs propres croyances sur lesquelles ils sont, en général, intarissables. Non, Henri est un post chrétien qui assume son origine mais qui s'en est éloigné sans presque s'en rendre compte tellement cette prise de distance lui paraissait aller de soi.

Un non croyant parmi d'autres
Je ne crois plus

– Je ne crois pas ou plutôt je ne crois plus en Dieu. J'ai quelques sympathies pour ce prophète juif appelé Jésus ou Christ, mais je ne reconnais plus son message ni dans la doctrine ni dans le comportement de l'Église au cours de l'histoire. Je ne suis pas un anticlérical primaire car j'ai connu des prêtres généreux et altruistes. Mais la révélation récente des turpitudes au sein du clergé m'a convaincu de la nocivité de cette institution qui a vraiment mal vieilli. Quant à la violence aveugle perpétrée par les fanatiques de l'Islam ou d'autres confessions, elle me renforce dans la conviction que la croyance en un Dieu est génératrice de régression et de mort. Je reconnais qu'elle a produit des chefs-d'œuvre dans tous les arts et que le patrimoine de l'humanité en est grandement embelli. Les religions, en particulier celles que l'on appelle monothéistes, ont également, à certaines époques, pallié la carence des États et ont aidé au développement économique et social de très nombreux peuples. Par ailleurs, je ne suis pas hostile à l'entretien et la réfection des monuments religieux. Je vis dans un petit bourg et j'estime que l'on doit respecter cet héritage des anciens. Il m'arrive parfois d'aller y écouter un concert, ce qui est un fait rare dans notre rural profond. Il paraît d'ailleurs que le nouveau curé est hostile à ce genre de manifestations. Malgré tout, je persiste à croire qu'il n'était pas nécessaire de faire appel à une divinité pour réaliser tout cela. L'intelligence de l'homme et sa raison suffisaient amplement à développer toutes ses potentialités.

Par tradition familiale, j'ai accepté que mes enfants soient baptisés, mais je les ai laissés libres de tout engagement. Ils vivent aujourd'hui sans aucune référence religieuse et ne sont pas pires que les autres. Ils ont pris des responsabilités au sein de diverses associations et profitent de conditions de vie plus faciles que celles que j'ai connues. Dieu n'est plus une question pour eux. Deux d'entre eux sont divorcés et vivent de nouveau en couple. Tant mieux s'ils y trouvent leur bonheur. Mes petits-enfants ne sont pas baptisés. Ils fréquentent des jeunes issus de traditions religieuses variées et cela ne leur pose pas de questions insurmontables. Chacun est libre ! Le dernier s'est laissé entraîner par un groupe de jeunes un peu exaltés qui participent à ce qu'ils appellent « La journée mondiale de la jeunesse » et il dit y trouver une foi. Un autre est un militant acharné des manifestations écologiques. Tout cela me fait sourire car « ça leur passera » !

Mon épouse est plus croyante que moi. Elle s'efforce de réunir la famille lors des grandes fêtes comme Noël ou Pâques. Elle a longtemps tenu à confectionner une crèche tant que les enfants étaient petits et ne manquait pas de rappeler à ceux qui lui faisaient la politesse de l'écouter le sens de cette coutume. Actuellement encore, elle participe en tant qu'hospitalière au pèlerinage annuel des malades à Lourdes. Elle en revient, dit-elle, bouleversée par la foi de toutes ces personnes parfois fortement handicapées. Elle est également sensible à une autre caractéristique de ce lieu : le rassemblement de populations les plus bigarrées qui soient, d'origines sociales les plus diverses, qui se croisent et se côtoient dans le plus grand calme et dans la bienveillance réciproque. Il semblerait, dit-elle encore, qu'à Lourdes l'humanité entière est représentée dans ce qu'elle a de meilleur à partager. J'avoue que pour ma part cet aspect de la religion m'interroge également. Enfin, elle s'est inscrite récemment à un exercice du chapelet avec d'autres amies. Quand je lui demande ce qu'elle trouve dans ce rabâchage mécanique de formules qui me fait penser à celui des bonzes, elle me répond que je ne peux pas comprendre et, ajoute-t-elle : « Au moins, pendant ce temps-là, nous ne disons pas du mal d'autrui ou du gouvernement comme tu le fais souvent quand tu prends un café avec tes amis ! »

Bien sûr, il m'arrive de franchir le seuil d'une église lorsqu'une de mes connaissances passe le seuil de la mort. La disparition d'un proche ne me laisse pas indifférent mais je préfère penser à des choses plus agréables. Je ne vois pas l'intérêt d'anticiper sur un événement qui nous échappe et qui surviendra toujours trop tôt. La cérémonie est bien différente de celles que j'ai connues dans mon enfance. À l'époque les « mécréants » restaient ostensiblement à l'extérieur de l'édifice et l'office était plutôt lugubre. Aujourd'hui, il semble mieux préparé et plus accessible mais, mise à part une minorité de participants, c'est un silence poli qui succède aux bavardages des retrouvailles. Le prêtre ou l'officiant fait son boulot mais il ferait le même s'il était tout seul. Ce qui m'agace prodigieusement ce sont ces personnes qui se donnent de l'importance, qui virevoltent autour de l'autel, qui ont toujours quelque chose à se dire, qui vérifient trois fois le volume sonore de la musique et qui la coupent sèchement en plein crescendo. Ensuite, elles accaparent un micro quand il fonctionne et « debout » et « assis » et « page tant » ; elles se prennent pour des adjudants-chefs. Je précise toutefois que lors de la fête de Toussaint, je ne manque jamais de me rendre au cimetière pour honorer les morts de la famille, sans que pour autant je souscrive à ces histoires de paradis, d'enfer ou de purgatoire dont, enfant, on m'a rabattu les oreilles pour que je sois sage.

Il m'arrive parfois de me demander : « Mais qu'est ce qui me fait vivre ? » En fait, comme beaucoup de mes contemporains, je vis et j'agis en fonction de quelques principes qui me paraissent indispensables pour assurer mon bonheur et celui des autres. On peut appeler cela des valeurs. Je pratique un certain altruisme qui peut aller jusqu'à une solidarité effective avec ceux qui sont touchés par la pauvreté ou les accidents de la vie. Je participe volontiers aux collectes des restos du cœur ou d'autres associations de ce type même si je considère que l'État se décharge trop facilement sur elles de ses propres devoirs ; je me suis même engagé pendant un mandat dans l'équipe municipale de mon village mais le jeu politicien de certains potentats locaux m'a dissuadé de m'investir davantage. Je reste disponible pour aider mes enfants et j'essaie d'avoir de bonnes relations avec mon voisinage car j'estime que là commence toute vie civique. C'est ma façon d'honorer la fraternité, troisième vertu de la devise républicaine. Je fuis tous les extrémismes politiques ou religieux qui voudraient me dicter ma conduite et étouffer ma liberté. Quant à l'égalité, je la défends quand mes droits sont menacés mais il y a longtemps que j'ai compris qu'elle n'existait pas dans les faits. Le socle de mes valeurs est celui de tout citoyen conscient et responsable mais, malheureusement, je sens qu'il est de plus en plus sapé dans ses fondements par l'exacerbation des intérêts particuliers et une sorte de méfiance généralisée envers toutes les institutions et les organisations qui structurent la vie en commun. Finalement, je peux dire que j'ai cru en la vie qui triomphe de tout, j'ai cru en l'homme et en son génie. Je sais que je ne suis qu'un maillon dans la chaîne de la vie. Je reviendrai à la poussière qui, elle-même, servira de support à d'autres existences. Paradoxalement, la mort est la loi de la vie ! Cependant, mon pronostic actuel sur l'avenir est plutôt sombre. Je ne voudrais pas céder au pessimisme de tous ceux qui prennent de l'âge et qui regrettent le passé. Mais les divers diagnostics concernant l'état de la planète, les conséquences migratoires de l'écart des richesses entre les peuples, l'effacement de plus en plus marqué de « l'humain » remplacé par l'intelligence artificielle et l'emprise des technologies sur la conception de la vie me rendent de moins en moins optimiste. »

J'ai lu ce texte à notre conférencier aux longues oreilles.

J'entends, me dit-il, très souvent ce genre de propos de la part des anciens mais je constate qu'ils laissent indifférents les jeunes qui n'ont plus le même passé religieux. Ceux-ci sont tellement absorbés par les réseaux sociaux, par l'immédiat et le fugace, ils ont tellement peu l'occasion d'étudier les racines de ce qui faisait la culture commune du siècle dernier, que l'échange intergénérationnel devient problématique. Mais je suis certain que la parole et l'art de vivre d'un grand-père ou d'une grand-mère marquera d'une façon ou d'une autre la troisième génération et que des brindilles encore incandescentes sous la cendre pourront rallumer la flamme. D'ailleurs vous dites souvent : « il en restera toujours quelque chose ». Pour ma part, au lieu d'entamer une joute oratoire avec les non-croyants que je côtoie et de monter sur mes grands sabots, je commence par les écouter et par m'enrichir de leur différence. C'est déjà un signe, à mes yeux du moins, d'une juste pratique de ma foi chrétienne.

2.
QUELQUES SAUTS PÉRILLEUX POUR DÉSTABILISER LES FAUX DIEUX INSTALLÉS SUR MON DOS

La duchesse

Allongé près d'un banc, notre ami velu et poilu profite des derniers rayons de soleil qui caressent les feuilles brûlées des marronniers du jardin public. Jacqueline, une habituée des « confessions de l'âne » vient s'asseoir près de lui après avoir soigneusement épousseté le siège non occupé. Ses collègues l'appellent « la duchesse ». Port altier, langage châtié, se tenant à distance souriante de tous ; avec sa classe naturelle, elle surplombe l'assistance.

« Vous avez laissé entendre l'autre jour que la mort pourtant indissociable de la vie pouvait être envisagée comme un mal. Quelle que soit la suite donnée à l'académie de la saline, je ne m'aventurerai pas à prendre la parole en public car je risque d'ouvrir un débat houleux. La vie elle-même peut s'avérer être un cadeau empoisonné. Voici la lettre que j'ai reçue, hier, de la part d'une de mes amies d'enfance à laquelle j'avais envoyé un mot pour lui raconter mes journées de curiste et en particulier les rencontres que vous animez en soirée. »

Décidément, l'art épistolaire, donne des ailes à nos conversations bistrotières :

Je suis née sous X, je n'ai jamais connu ma mère. J'ai passé mon enfance ballottée de foyer en foyer et celui qui était tenu par des religieuses n'était pas le plus agréable, crois-moi. J'ai pris le premier boulot qui s'offrait à moi pour acquérir mon indépendance. Je me suis mariée croyant trouver l'amour qui m'avait si cruellement manqué. J'ai eu deux enfants mais j'ai très vite compris que je n'étais rentrée dans la tribu de mon mari que pour assurer une succession dans l'entreprise familiale et apporter ma quote-part de travail. Après mon divorce, qui m'a jetée au ban de la famille, j'ai l'impression d'avoir survécu vaille que vaille obsédée par le souci d'assurer le quotidien. J'accoste sur la rive de la vieillesse, que reste-t-il de ma vie ? De temps en temps une éclaircie : la visite de mes petits-enfants. Je me réfugie dans la lecture et fais-moi confiance, si la foi était dans les bouquins je l'aurais trouvée ! Alors, cette vie, cadeau ou galère ? Quoiqu'il en soit, j'aurais deux mots à dire à celui qui me l'a offerte !

Je suis certaine de n'être pas la seule dans ce cas. Pas plus tard qu'hier des ouragans ont rasé des milliers d'habitations et des inondations ont jeté le désarroi sur des régions entières du globe. Des gens ont perdu en une nuit d'épouvante le fruit du travail de toute une vie. Déjà des pilleurs faisaient leur besogne et profitaient de la panique générale pour se servir. L'homme va mal et fait mal, la nature également. Je m'étonne encore que certains cherchent un sens à tout cela. Comme de nombreux retraités qui raffolent de ces colloques et de ces rendez-vous dits culturels, j'ai assisté à des conférences censées éclairer les esprits. Je n'y ai vu que commentaires de l'actualité savamment épluchée par des concepts abscons, mais très rarement une lumière éclairant le présent et l'avenir. Je reste sur ma faim et je continue à croire que tout est absurde et qu'il n'y a rien à comprendre. Parfois j'en viens à espérer que la mort sera une délivrance !

« Si vous le permettez, je vous demanderai de lire cette lettre lors de notre dernière réunion car je crois savoir que le président s'est lassé de tenir le café théo à bout de bras. Mais nous ne pouvons pas faire l'économie de cette question lorsqu'on aborde celle de la foi. »

La duchesse accepta du bout des lèvres. Lors d'une séance suivante, le président invita Jacqueline à nous faire part des confessions de son amie. Au fur et à mesure de la lecture quelques sourires graves se dessinaient sur les lèvres de certains ; d'autres opinaient du chef d'un air complice : « C'est bien ce que je pense aussi ! » Et l'âne s'engagea sur un long sentier qui serpentait parmi les débris des mémoires fracassées par les vagues des scientismes ou athéismes qui déferlèrent sur le XXe siècle de notre ère.

– Je dois vous avouer que j'ai moi-même été tenté par le désespoir de ne jamais voir le monde changer de logique. Comme je vous l'ai dit et comme vous l'avez constaté, j'étais aux abonnés absents le jour de la distribution des dons. Mais je ne me plains pas de mon sort car j'ai essayé de tirer le meilleur parti de ce qui m'était échu. Ce qui me chagrine, c'est que mon acharnement au travail et au service du monde soit sans cesse contrecarré soit par des éléments extérieurs à ma volonté soit par ma propre imbécilité. Quand, attelé à un instrument aratoire primaire, je grattais la terre à longueur de journée en Palestine pour obtenir des pousses chétives et parsemées et que, d'un seul coup de vent brûlant, ma peine était réduite à néant, j'enrageais et me désespérais. Mais quand le champ d'avoine qui m'était en partie destiné était brouté et piétiné par le troupeau du voisin, mon sang ne faisait qu'un tour, j'allais leur rendre la pareille et de vengeance en détestation la vie finissait par empester la rancœur et la violence. Comment se faisait-il que tout ce qui m'avait été confié pour produire de bons fruits était dénaturé et finissait par obtenir l'inverse ? Je me souvenais des accents poignants qu'un grand prophète prêtait à Dieu pleurant sur sa vigne, c'est-à-dire sur son peuple. Il l'avait bien arrosée, bien taillée, bien amendée et elle ne donnait que du verjus (Isaïe 5, Psaume 79). Il en était de même pour moi et bien chiche était ma consolation en voyant que les résultats de l'humanité n'étaient pas plus brillants que les miens en la matière.

Plus tard, quand je suivais l'équipe de fidèles qui entourait Jésus sur les chemins de Palestine, nous étions assaillis par tout ce que la société de cette époque comptait de mendiants, d'aveugles, d'handicapés, de lépreux, de psychopathes, de pauvres veuves et d'orphelins. La misère ne se cachait pas et ne pouvait compter que sur la charité parcimonieuse de quelques riches qui se donnaient bonne conscience – voir la parabole du pharisien et du publicain trop souvent lue en regardant le voisin (Luc 18, 9). Par contre, elle faisait les choux gras des devins, nécromanciens et autres guérisseurs qui se chargeaient d'exploiter la crédulité des pauvres gens. Je vois que la situation n'a guère changé. Pour ne donner qu'un exemple, une grande partie de l'humanité ne dispose toujours pas du minimum vital en eau nécessaire à la survie. J'avoue que la raison n'est pas d'un grand secours et ne peut qu'abdiquer face à ce qu'on peut appeler le problème du mal.

Lève-toi... ta foi t'a sauvé

– Quelle a été l'attitude de Jésus ? Il a secouru la misère, guéri les corps et les esprits tant que ses « miracles » n'en faisaient pas un guérisseur de plus et ne venaient pas obscurcir son message. D'ailleurs, Paul et Barnabé dans les mêmes circonstances refusèrent de continuer à soulager les malades car on leur attribuait des pouvoirs divins (Actes 14). Par contre, je note que Jésus n'a pas, pour lui-même, profité de ses dons. Il n'a pas voulu se soustraire à la mort, il a connu la faim, la souffrance, il a refusé l'action punitive que Jacques et Jean réservaient à ceux qui refusaient de l'accueillir et de l'entendre. Il n'a pas voulu lier le malheur au péché, option que soutenait la théologie de son époque. Il a dévoilé la puissance de la foi de ceux qui s'adressaient à lui.

Désigner le mal, c'est déjà le cerner

– Il faut distinguer, me semble-t-il, même si cela est un peu artificiel, le mal qui provient des limites de la création et celui inventé par le mauvais génie des hommes. Quand, par une belle journée d'hiver, vous contemplez de loin la majestueuse glissade des avalanches qui s'effondrent en se dépliant sur la pente, vous n'en concluez pas qu'elles obéissent à une puissance maléfique. Par contre, quand vous apprenez qu'une cordée a été emportée dans les rouleaux de la masse blanche, vous criez au malheur. La montagne reste muette. C'est l'homme qui lui donne la parole et qui définit ce qui est mal. Nous avons déjà vu que la finitude et la mort sont inhérentes à la vie. À moins de désigner le créateur lui-même comme l'auteur d'une création auto destructrice, comment faire autrement que de se soumettre à la réalité de cette vie issue de la nature et en partie régie par ses lois !

J'ai parlé de création et vous voyez que je suis entré dans le vocabulaire religieux. Dévoiler la source du mal a été l'obsession de l'humanité depuis que le monde existe et toutes les traditions religieuses se sont ingéniées à l'intégrer dans leurs récits des origines.

Le mal : hantise des sages

– Pourquoi vous laisser submerger par cette vague de tristesse alors que l'humanité possède un trésor inestimable dans l'héritage somptueux des sagesses qui se sont transmises de siècle en siècle ? Moi qui ai toujours été traité « d'idiot du village », je mesure mieux que vous la richesse que vous possédez ! Les Occidentaux disent que la philosophie est née en Grèce mais moi qui ai vécu entre Orient et Occident j'ai pu apprécier l'apport de toutes les grandes civilisations. Une question a toujours hanté les hommes : Pourquoi le méchant est-il aussi prospère que le juste ? Pourquoi la pluie tombe-t-elle sur le champ du fainéant autant que sur celui du travailleur ? Comment contrer les incohérences auxquelles se heurte toute vie humaine ?

Les sages se sont attelés à ces énigmes et ont transmis leurs conseils de multiples manières jusqu'à ce qu'ils se concentrent sous forme de maximes, de proverbes ou d'habitudes prises. Ces paroles brèves et ciselées se sont polies sous le frottement de l'usage jusqu'à devenir des joyaux que l'on se transmet d'âge en âge. Elles constituent le trésor du bon sens populaire dans ce qu'il a de meilleur et c'est pourquoi elles défient les siècles. Longtemps le « vivre ensemble », comme on dit aujourd'hui, a été établi sur la base des conseils de ces sages auxquels on avait recours pour gérer le quotidien, éviter les comportements déviants, les conflits et les guerres. Les Grecs n'avaient-ils pas donné aux philosophes le premier rôle dans l'organisation de la cité ?

La sagesse ancestrale est restée très longtemps l'unique guide de l'éducation des jeunes et la seule référence en matière de « bonnes mœurs ». Dans les civilisations anciennes, ces sages étaient souvent confondus avec les anciens qui avaient accumulé l'expérience des générations précédentes.

L'antiquité ne faisait pas de différence entre sagesse et religions. Elles se fécondaient mutuellement de sorte que les paroles de l'homme ne contredisent pas les sentences divines et que les préceptes religieux imbibent la sagesse des peuples. Ainsi, la fréquentation permanente des dieux finirait, croyait-on, par faire de la vie sur terre une copie de celle du ciel. L'ennui, c'est que les dieux n'ayant eu comme modèle de fabrication qu'un homme surhumain, il était fatal que le ciel reproduise les errements de la terre.

Plusieurs livres bibliques sont consacrés à la sagesse car leurs auteurs étaient affrontés à la suprématie des sagesses égyptiennes, babyloniennes, grecques qui avaient régné à tour de rôle sur le bassin méditerranéen et le Proche-Orient. Néanmoins, il était bien rappelé que la Loi donnée au Sinaï à Moïse les surpassait toutes.

Genèse du bien

– J'aime bien me référer à ce génial poème que tous mes compatriotes juifs connaissaient par cœur et que l'on appelle la Genèse. Il est tissé de mémoires ancestrales puisées dans des traditions différentes. Il laisse entendre que le souffle de Dieu planait sur les eaux primordiales, prêt à les féconder pour que l'univers, surgi de l'eau, puisse à son tour recevoir et nourrir celui qui ressemblera à Dieu : l'être humain appelé Adam (Genèse 1). Si vous lisez l'ensemble du chapitre, vous sentirez comme un alizé de bénédictions frémissant sur ces eaux ouvertes sur un avenir. C'est ce même vent que Dieu va souffler dans les narines de la statue de terre qu'il vient de façonner pour qu'elle devienne être humain (Genèse 2, 7). Ce souffle qui sera assimilé plus tard à l'Esprit de Dieu assure le continu de l'acte créateur en maintenant toujours d'actualité l'offre de tout ce qui nous est nécessaire pour participer à l'œuvre de la création, pour la parachever et pour que l'homme et la femme réalisent leur vocation d'être à l'image et ressemblance de Dieu lui-même. Que peut-on espérer de plus et de mieux qu'une telle destinée ? Et c'est bien ce bonheur-là que Dieu veut nous offrir.

Ainsi, depuis la plus petite goutte de pluie jusqu'au monde des galaxies en passant par le monde animal et végétal, par l'harmonie du corps et sa santé, le génie, l'intelligence, la créativité, la liberté, le sens du bien, de la justice et du beau, l'homme a en lui toutes les potentialités pour être image et ressemblance de Dieu. Il peut faire de la terre cette « maison commune » agréable à vivre et ce jardin d'Éden où il pourrait se promener en bonne compagnie, celle de son Créateur. Accueillons-nous avec une gratitude infinie l'immensité de ces dons en tant que tels, c'est-à-dire en totale gratuité ? En faisons-nous, par conséquent, les sujets d'un juste partage ou laissons-nous nos instincts d'animaux prédateurs prendre le dessus et détruire ces biens communs ?

Des dons par milliers

– La tradition judéo-chrétienne a listé quelques-uns de ces dons en mettant l'accent sur ceux qui nous étaient indispensables pour réussir notre vocation humaine. Certains parmi vous se souviennent encore avoir récité la liste des sept dons de l'Esprit Saint comme s'ils étaient exclusivement d'origine chrétienne. C'est oublier que, déjà, les prophètes anciens les connaissaient : *Un rameau sortira de la souche de Jessé, un rejeton jaillira de ses racines. Sur lui reposera l'Esprit du* SEIGNEUR *– esprit de sagesse et de discernement, esprit de conseil et de vaillance, esprit de connaissance et de crainte du* SEIGNEUR *– et il lui inspirera la crainte du* SEIGNEUR. *Il ne jugera pas d'après ce que voient ses yeux, il ne se prononcera pas d'après ce qu'entendent ses oreilles* (Isaïe 11, 1-3).

Paul, dans sa lettre aux Galates, en ajoute deux mais peut-on limiter ainsi le travail de l'Esprit ? Lui-même en reconnaît bien d'autres comme celui du service, des langues, de la justice, du miracle, de la guérison, et des dons personnels divers… Nous n'allons pas bâillonner l'action de Dieu dans une comptabilité fût-elle symbolique !

Saint Paul, toujours lui, recommande à ses fidèles « d'aspirer aux dons les meilleurs » (1 Corinthiens 12, 31) et de se préoccuper de « tout ce qu'il y a de noble, de vrai, de juste, de pur et d'aimable » (Philippiens 4, 8) dans la vertu et la louange humaines.

Pourquoi ne pas nous inspirer de l'Apôtre pour demander aux croyants de reconnaître comme leurs, ces dons dits « naturels » avant d'aspirer aux dons « surnaturels » ? Ayant la même origine ne sont-ils pas tous à rechercher avec la même ardeur ? Montrer aux enfants et aux adolescents que l'assiduité à l'exercice physique, la politesse, la ponctualité, le travail intellectuel, l'endurance dans l'épreuve, le goût pour le travail manuel sont déjà des dons de Dieu, serait un excellent travail pédagogique pour les préparer à s'ouvrir au don de l'Esprit filial de Jésus.

Mais où nous embarques-tu ? J'ai l'impression que, ou bien tu n'as pas écouté la lettre qui a été lue, ou bien tu veux esquiver le problème. Il s'agissait de l'ouragan du mal qui ne cesse de s'abattre sur le monde et toi tu t'envoles sur les « alizés de bénédictions » et les dons naturels et surnaturels... mais où va-t-on ? interrompt un auditeur applaudi par quelques supporters.

Patience mon ami. Si j'ai commencé par tout ce que la création nous offre de positif, c'est, d'abord, pour faire le lien avec notre réflexion antérieure sur le don et le dû et pour signifier que ce détour par le raisonnement humain n'était pas étranger aux questions religieuses. Mais je veux surtout insister sur le fait que le mal n'est pas originel comme le laissait entendre l'expression « péché originel » et comme auraient tendance à le croire ceux et celles qui estiment que le monde est un cloaque de péché qu'il faut purifier par le fer et le feu. Permets-moi de continuer à trottiner sur mon sentier malaisé et non balisé…

Des dons ambivalents

– La sagesse biblique est réaliste. Peut-être que les vieux sages avaient été inspirés par les réflexions de leur âne de compagnie ! Le livre de l'Ecclésiastique note que toutes les œuvres de Dieu sont aimables, que « les choses vont deux par deux, en vis-à-vis, rien de déficient, une chose souligne l'excellence de l'autre » (Siracide 43, 24). Pas de jour sans la nuit, pas de lumière sans les ténèbres, pas de terre sans le ciel, etc. Qohèleth, autrement appelé Ecclésiaste, dans son chapitre 3 ajoute qu'il y a « un temps pour tout, un temps pour enfanter, un autre pour mourir… un temps pour pleurer, un temps pour rire… un temps pour se taire et un temps pour parler… un temps pour la guerre, un temps pour la paix ». J'apprécie bien ces dons à double usage car, nous les ânes, nous avons la chance d'être dotés de pattes arrière suffisamment développées pour nous permettre de sauter des obstacles imprévus. Mais malheur à celui qui s'approche de trop près avec de mauvaises intentions, le don instinctif du saut gracieux et léger risque de se transformer en brusque ruade !

Le don le meilleur

– En fait les dons reçus sont ambivalents. Nous ne sommes pas programmés, encore moins manipulés pour atteindre l'objectif fixé par le créateur, mais simplement orientés. Avec le pouvoir de construire nous est donné celui de détruire, avec la possibilité de connaître celui d'ignorer, avec celui d'aimer celui de haïr. Chaque don offert possède une double face et l'une ne peut pas exister sans l'autre. La mort est incluse dans la vie, elle lui est même nécessaire. La douleur accompagne l'accouchement et chaque étape de la vie nécessite une rupture, un dépouillement, une certaine mort. Mais nous verrons que son sens peut changer.

De par la création nous sommes donc dotés de ces dons à double usage et le premier réflexe serait d'éliminer celui qui nous paraît inutile ou nocif pour la vie. « Choisis la vie et non la mort », nous dit le livre du Deutéronome. Mais comment faire ? Elles sont intimement mêlées. Tous les manichéismes s'y sont essayés. Comme je l'ai dit, on attribue le bien à un dieu, le mal à un autre et la marche du monde n'est qu'une lutte incessante d'une force contre une autre. Dans cette vision du monde, l'homme n'est plus que le jouet d'un combat de chefs, vainqueur ou vaincu selon le camp dans lequel il se situe. Même la fameuse nuée qui symbolisait la présence divine dans le désert présentait deux faces : l'une lumineuse la nuit et l'autre ombrageuse le jour. Dieu n'est pas simple !

Tout ce qui nous est donné pour réaliser notre être et parfaire le monde pourra toujours être mal employé car, parmi les dons reçus, celui qui vous est propre, vous les humains, s'appelle la liberté. La « force » pourra dégénérer en violence, la « crainte de Dieu » en rivalité avec lui, la « piété » pourra rester apparente, « l'intelligence » pourra se mettre au service du mensonge. Usant de ces doubles possibilités offertes à votre liberté, vous avez mal usé des dons que l'Esprit créateur vous destinait. Vous avez employé votre génie à les retourner contre eux-mêmes, à les annuler, car c'est le même don d'intelligence qui a inventé la roue et la bombe. Ces forces de bien offertes pour atteindre votre plénitude humaine (image et ressemblance), vous les avez déviées de leur but et au lieu de les utiliser comme des forces de création et de vie vous en avez fait des puissances de mort et de dé-création. C'est tout le symbole du déluge dont se sont servies plusieurs traditions dans leur « histoire » des commencements.

Genèse du mal

« Vous laissez entendre que ce sont les hommes qui ont inventé le mal ? Or j'ai lu par curiosité le 3e chapitre du livre de la Genèse, auquel vous vous référez, et je me demande bien ce que vient faire le serpent à ce moment-là ? N'est-ce pas lui qui joue de l'ambivalence des dons de manière d'ailleurs très subtile. Il amplifie la demande de Dieu de ne pas toucher à l'arbre de la connaissance du bien et du mal en insinuant que tous les fruits des arbres étaient interdits, ce qui rendait bien sûr l'exécution de l'ordre impossible. Si j'en crois les représentations des grands peintres, ils ont déguisé le reptile en diable fourchu et cornu. »

Toute l'assistance a reconnu la voix de la duchesse qui enhardie par l'effet produit de « sa » lettre a consenti à se mêler au débat. Quelques-uns et unes commencent à décrocher légèrement mais, par politesse, font bonne contenance.

– Un serpent s'immisce dans le dialogue entre Dieu et les humains dès le commencement du monde. La tradition chrétienne y a reconnu la préfiguration de Satan. Cette intrusion est lourde de sens. Elle nous rappelle que l'existence de cette puissance maléfique, d'une part, fait partie de la création, et d'autre part, qu'elle est antérieure à l'homme. D'après la Bible, celui-ci n'est donc pas totalement responsable de cette déviation des dons de Dieu dont nous avons parlé ni la seule source du mal et du malheur qui collent à la condition humaine. En effet, si l'être humain avait été totalement fautif du péché et de ses conséquences, il aurait pu être, seul, l'agent de son propre salut. Or, il a fallu que Dieu, le Père, comme l'appelait Jésus, intervienne dans la personne du Fils qui fera de Satan son adversaire direct. Faut-il en penser que l'homme est placé dès le départ dans une situation de tentation qui le dépasse, où le mal peut prendre les apparences du bien et la recherche de soi celles de l'amour ? Rappelez-vous ce que nous avons dit sur la double possibilité des dons reçus. Satan joue sur l'ambiguïté de l'interdit. Il en fait l'ennemi de la liberté de l'homme et le signe de la jalousie de Dieu à son égard, alors qu'il était formulé pour que l'homme ne se fasse pas l'égal de Dieu et ne tombe pas dans la tyrannie du puissant ou l'esclavage de ses envies. *La puissance des ombres*[1], pour reprendre le titre d'un ouvrage d'une de vos écrivaines, avant vous existait et étendait sur vous sa nuit obscure.

La stratégie de celui que l'on nomme le « jaloux », le « tortueux », le « trompeur », « le

[1] Sylvie Germain, *La puissance des ombres*, Albin Michel, 2022.

menteur » « le diviseur » (il a tous les noms car il est « légion »), commence comme l'a remarqué Jacqueline par amplifier l'interdit de Dieu qui consistait à ne pas manger du fruit d'**un** seul arbre du jardin : « Dieu a dit, vous ne mangerez pas des fruits de **tous** les arbres du jardin… », susurre le serpent. Ordre impossible à respecter en régime végétarien comme c'était le cas. « Faux ! » aurait dû répondre Ève. Mais quand le « malin » lui fait miroiter qu'elle et Adam pourraient en outre accéder à la divinité : « vous serez comme des dieux » et non simplement « image », la vérité ainsi travestie les fait chuter dans la mésalliance. C'est ce que l'on a désigné plus tard sous l'appellation de « péché originel ». Mais rappelons-nous toujours qu'il est « originel » parce qu'il est en opposition à l'origine qu'est Dieu. C'est avant tout la bénédiction, l'autre nom que l'on peut donner aux dons, qui elle, est originelle.

Au commencement, tout était donné en vue du bien (Genèse 1 « et il vit que cela était bon »).

Quelques bâillements mal réprimés décrochent les mâchoires serrées. Ces explications auraient mérité un accompagnement d'images en PowerPoint mais comment schématiser et styliser « ce qui était au commencement » quand personne n'y était ?
Une dame qui avait été catéchiste autrefois, perturbée par cette avalanche de dons,

voulut quand même vérifier si « sa » religion était toujours valable :

« Comment se fait-il que les dons du Saint Esprit fassent leur apparition au moment de la Pentecôte et lors de la réception des sacrements, comme on nous l'a toujours appris. »

– Mes amis, arrivés à ce stade il faudrait que chacun ait lu les Évangiles ou une vie de Jésus. L'Esprit de Dieu, fourvoyé par l'homme et par Satan, dans une lutte contre lui-même, engagé dans une impasse totale, a atteint son paroxysme quand les forces du mal se sont attaquées à ce Jésus, que ses disciples considéraient comme Fils de Dieu, jusqu'à l'éliminer. La croix clouait le Don total de Dieu dans le néant de la mort, signait le triomphe de l'homme souverain s'appropriant l'œuvre de Dieu dont il devenait l'unique maître et seigneur. Mais les puissances du mal, secondées par ceux et celles que la parole et les actes de ce prophète hors norme gênaient, n'ont pas eu le dessus !

Après sa crucifixion et sa mise au tombeau, il s'est présenté à ses disciples, sous l'apparence d'un Vivant libéré des limites de la mort et du mal. La mort n'a pu voler la vie de Jésus car il n'y avait rien à voler chez lui. Tout était déjà donné, c'est pourquoi le tombeau n'a pas pu le retenir. On appelle cela la Résurrection.

Dieu ne pouvait rien faire de mieux que de nous donner son Fils qui s'est offert à nous comme l'image parfaite de Dieu qu'il appelait son « Père ». La cause était donc entendue, la volonté divine de faire des êtres « semblables » à lui et de faire de la création son « Royaume » avait échoué. Mais c'était oublier que Jésus n'avait cessé de dire dans sa brève existence qu'il était venu pour nous faire le don de sa vie et de son Esprit, entièrement voués à l'Amour filial et fraternel. Par sa résurrection qui « éternisait » l'offrande de son Esprit, il nous rendait ainsi la possibilité d'atteindre à notre tour la ressemblance perdue. Sachant désormais que le mal s'est épuisé en vain sur Jésus et que, malgré les apparences, il a perdu la partie, qu'il n'aura pas le dernier mot, une autre voie est ouverte. Régénérés par un Amour qui défie toutes les limites, les croyants vont désormais faire en sorte que l'Esprit du Père créateur agissant en chacun d'eux malgré l'atteinte du péché, puisse rencontrer l'Esprit du Fils. Pour les premiers chrétiens, cette rencontre s'est manifestée au moment de la Pentecôte qui est devenue la fête des dons de l'Esprit dans leur diversité reconnue et leur unité préservée.

Quand le cadeau se fait présent

– De cette expérience communautaire de la vie dans l'Esprit est née l'Église : l'assemblée de ceux et celles qui malgré leur déviance (leur péché) consentent à se laisser habiter par l'Esprit du Ressuscité. Et le premier sacrement, le signe opérationnel et originel, c'est l'Église, le corps visible du Christ. Les autres, réduits au nombre de sept, concrétisent et détaillent selon les circonstances de la vie humaine le don premier de l'Église. Jésus l'avait souligné lui-même : « Quand deux ou trois sont réunis en mon nom je suis là... » Je peux même ajouter que, tout au début, seuls le baptême, donné avec l'onction de l'Esprit qui deviendra la confirmation, et la cène, c'est-à-dire notre messe, étaient les signes reconnus comme principaux. Tous les deux actualisent dans un présent éternel le don de la vie du Christ accompli dans l'événement fondateur de sa mort et de sa résurrection. L'un sous le signe de la plongée régénérante dans l'eau et l'Esprit, l'autre sous le signe du repas et de la nourriture (le pain et le vin) qui associent tout l'univers à cette nouvelle création. Car on l'oublie souvent, la messe n'est pas seulement la messe « sur le monde » comme le rappelait Teilhard de Chardin, mais « du monde », concerné et emporté dans un élan de création nouvelle ; sachant que nos messes n'ajoutent rien à l'unique action de grâces (l'Eucharistie) qui couvre tous les temps et tout l'espace et ne sont qu'une participation à cet acte unique et universel. Ceci doit remettre à sa place toute célébration liturgique, pour en relativiser les rites qui l'ont accompagnée au long des siècles et en même temps pour lui donner sa véritable dimension. Quelle est la « vraie » messe ? Celle qui se déploie sous les voûtes séculaires d'une cathédrale, soutenue par les accords vrombissants de l'orgue, celle qui mobilise une armée de cérémoniaires, thuriféraires et autres acolytes ou bien la messe du prisonnier de guerre qui prononce les paroles de la consécration dans un recoin sombre d'une chambrée sur un morceau de pain soustrait à la faim de ses camarades ?

L'Esprit reçu par la foi, pardonne le refus et libère en l'homme la véritable « image » et la « ressemblance » qui restaient défigurées par l'idole, c'est-à-dire la fausse image qu'il avait faite de Dieu. Proposer le salut à vos frères humains consiste à reconnaître d'abord en eux les dons reçus de Dieu de par la création, à les mettre en valeur, à en constater l'orientation foncière, mais aussi les déviations et à leur proposer le don total de l'Esprit du Ressuscité appelé l'Esprit Saint. En paraphrasant saint Paul, on pourrait dire que l'Esprit de Dieu répandu dans sa création, contrarié par le péché, aspire de toutes ses forces à rencontrer l'Esprit en plénitude que le Fils nous offre par l'Église. Toute mission, tout apostolat, tout témoignage s'inscrit dans cette perspective.

Et les sacrements, c'est quoi ?

Une jeune femme, inconnue des piscines mais certainement habituée des lieux, tapait fébrilement sur les touches de son téléphone.

« Excusez-moi, je ne fais pas partie de votre groupe mais j'ai entendu un mot que j'ignorais : sacrement. J'ai demandé à Google, il me répond : acte symbolique (geste et parole) qui signifie une réalité invisible, destiné à la sanctification des hommes. Est-ce bien de cela qu'il s'agit ? »

Notre baryton à la voix cassée arbore un grand sourire ! Pour une fois, voilà un peu de jeunesse prête à l'écouter !

– Cette définition reprend la formule classique enseignée dans tous les anciens catéchismes : le sacrement est un signe visible et efficace de la grâce. Nous entendons par grâce le don de l'Amour du Christ dont j'ai déjà parlé même si l'on peut attribuer à chaque sacrement une grâce spécifique et si les théologiens l'ont disséquée à souhait. La vie des saints fourmille de ces grâces particulières qui sont proposées à notre imitation. Mais à force de multiplier les canaux de la grâce, on en oublie la source première.

J'ai peut-être oublié de signaler, mais cela allait de soi, que le premier sacrement de Dieu, c'est Jésus lui-même et c'est par le don de son Esprit à l'Église que celle-ci devient son « corps » visible, son signe vivant et actif rejoint dans les sept sacrements. Ceux-ci se caractérisent par un geste (un acte) accompagné d'une parole, exactement comme le faisait Jésus quand il guérissait, pardonnait et remettait debout les accablés de la vie. D'ailleurs, cet acte et cette parole résument la parole créatrice de Dieu : « Il dit et cela fut. » Comme on l'a déjà souligné, il ne peut pas y avoir un discours chrétien sans son « incarnation » dans le concret de la vie. Le croyant non pratiquant ne peut pas exister dans l'Église. Vous voyez que dans tout ceci, il y a une cohérence qui demande une intelligence de la foi. J'ai dû employer des mots qui ne font pas partie de votre vocabulaire comme catéchisme ou incarnation. Je vous conseillerais de consulter une encyclopédie appelée « Théo » plutôt que Google. Vous élargirez vos connaissances et vous découvrirez les sources lointaines mais toujours vives de notre culture.

À la suite de l'intervention de la duchesse et de cette jeune personne accrochée à son clavier, voyant que l'intérêt des derniers participants ne faiblissait pas, le président pose brutalement la question : Que faisons-nous ? Nous arrêtons ou nous continuons ? L'unanimité se fit pour poursuivre la route...

« Si j'ai bien suivi tes discours, Dieu est à l'origine de tout. Il fait tout, donne tout, même la foi... Que reste-t-il à faire à l'homme, si ce n'est de s'installer dans une totale passivité en attendant que tout tombe du ciel. Or moi, je suis plutôt du genre : "Aide-toi et le ciel t'aidera", enchaîne un ancien chef d'entreprise. »

De la prière

– Je vais peut-être t'étonner mais le premier travail du croyant consiste à prier, c'est-à-dire à entrer en relation avec Dieu. Mais est-ce vraiment possible ? N'est-ce pas une illusion de plus ? Si nous étions réellement conscients de la nature de Dieu, de sa dimension véritable, au mieux, nous jugerions ridicule de vouloir nous hisser à son niveau, au pire, nous pourrions être accusés de forfaiture. Saint Paul appelle au secours l'Esprit pour nous apprendre à prier comme il faut (Romains 8, 26). C'est le sens de l'invocation qui débute les offices des moines – Dieu viens à mon aide, Seigneur à notre secours –, car nous allons faire une chose dont nous sommes incapables, nous adresser à toi.

En ce qui me concerne, j'avais connu dans mon enfance des croyants syncrétistes qui mélangeaient allégrement les rites et les dieux de diverses nations. La Galilée d'où j'étais originaire était ouverte à de nombreuses influences païennes. Le Dieu des Juifs, lui, se présentait comme différent des autres. Il était le Dieu Saint, c'est-à-dire séparé. Séparé de sa création mais aussi séparé des autres dieux. Il restait le « Tout Autre » dont le Nom était imprononçable, indéfinissable, toujours au-delà de toute approche. Si l'on avait, en effet, le moindre soupçon de « qui-est-Dieu » réellement, on n'oserait même pas lui attribuer un nom ou un qualificatif sans être obligés immédiatement d'élargir les limites dans lesquelles on l'a enfermé. Comment aborder l'infini, l'indicible ? N'est-ce pas mission impossible ? Nous n'avons que la parole à notre disposition. Malheureusement, elle est totalement inadéquate à dire Dieu. Elle est faite pour désigner des réalités terrestres, comme elle.

Mais n'êtes-vous pas nés, vous les hommes, d'une parole échangée, celle de vos parents dans le oui de l'amour où ils vous ont conçus ? Pourquoi se donner tant de mal pour faire parler l'enfant (celui qui ne parle pas) si ce n'est pour le faire accéder à sa condition d'homme car il ne peut le faire sans relation avec les autres ? La parole est l'instrument de la relation. Ne dit-on pas que Dieu « dit et cela fut » et que la parole était au commencement ? Mais quelle parole ? En donnant à la parole divine la puissance de la foudre ou l'éclat de l'éclair, les croyants du Premier Testament laissaient entendre qu'il ne fallait pas la réduire aux mots prononcés.

Alors, même si elle se sait radicalement inadaptée et si elle doit sans cesse être purifiée comme l'or au creuset, la parole est le seul outil qui convienne à notre relation avec Dieu. D'ailleurs, chacun de nous, n'est-il pas une parole prononcée par cet hymne de l'univers qui s'élève vers son créateur depuis le commencement ?

Mais pourquoi prier ?

> « Dieu sait très bien ce qu'il nous faut, pourquoi le prier de bien vouloir faire ou donner ceci ou cela ? Qui commande, lui ou nous, reprend le monsieur du "aide-toi et le ciel t'aidera". »

Bien sûr, Dieu sait ce qu'il nous faut mais il nous veut libres de l'accepter ou de le refuser. La prière est l'expression de notre liberté. Votre poète Péguy disait que Dieu préférait « l'agenouillement d'un homme libre à un prosternement d'esclave ». Et de même que le don de Dieu est permanent, de même notre prière devrait être incessante.

Comment prier ?

> « Quand j'étais gosse on m'a appris des prières qu'il fallait répéter comme si l'accumulation de *Notre Père* et de *Je vous salue* allait faire changer les idées de Dieu et le mettre à notre service », ajoute une dame restée silencieuse jusque-là.

– La prière commence toujours par un **merci**, décliné en louanges, bénédictions, actions de grâce, gloires, eucharisties. Si tout est donné, le premier mouvement de l'être créé consiste à remercier ce « Dieu donnant » et à se faire tout accueil de ses dons. De même qu'il est impensable que l'enfant n'apprenne pas la reconnaissance, de même comment ne pas remercier celui qui est à l'origine de tous les dons. Mais nous avons dit « apprendre » car nous avons vu que, très vite, le don se transforme en un dû exigé si nous laissons faire notre penchant naturel qui nous recentre sur nous-mêmes. La prière nous décentre de nous-mêmes, c'est pourquoi elle est un combat permanent.

Le deuxième mot de la prière est le **pardon**. Quand nous prenons conscience de l'infinie gratuité des dons de Dieu, nous ne pouvons que nous excuser de les avoir si souvent négligés et dénaturés. Ce n'est pas un hasard si la messe « source et sommet de la vie chrétienne » comme le dit le Concile Vatican II débute toujours par l'imploration de la miséricorde divine pour ce péché récurrent qui obstrue le chemin de notre reconnaissance.

Le troisième mot de la prière est la **demande**. Trop souvent, nous le plaçons en première position et sommes étonnés de n'être pas exaucés sur-le-champ. C'est peut-être parce que nous ne prenons pas la peine d'ajuster nos demandes à ce que Dieu veut nous donner (sa volonté). Cet ajustement demande une longue fréquentation de sa parole et de sa vie et c'est pourquoi nous n'en finissons pas de « scruter les Écritures » et de sonder nos vies. Certaines réclamations ne paraissent pas toujours justifiées et pourraient prêter à sourire tant elles dénotent une sorte de marchandage avec la divinité et peuvent frôler l'incantation magique. Nous demandons constamment des interventions miraculeuses, surnaturelles : « La forêt brûle, l'inondation ravage tout, qu'est-ce qu'il fait le Bon Dieu ? » Parce que nous oublions de le remercier d'abord pour le miracle originel qui nous procure la vie, le mouvement, l'être et tout ce qui est mis à notre disposition pour parvenir à notre bonheur, nous réclamons des interventions extraordinaires qui ne nécessiteraient pas notre contribution. En fait, sous des appellations diverses, nous demandons le bonheur d'être réellement fils de Dieu : être ce que devons être. Ni plus ni moins que réaliser notre vocation humaine en acceptant de laisser imprimer en nous l'image même de Dieu. C'est ce qu'on appelle la sanctification. Là réside le bonheur à taille humaine. Le chemin n'est pas aisé, la « porte est étroite » qui ouvre sur le travail d'un enfantement nouveau dont l'Esprit « ressusciteur » est l'agent intérieur.

Et voilà lâché le quatrième mot de la prière : **L'Esprit**. Nous n'avons qu'une demande à faire, celle que le Père ne peut pas nous refuser, recevoir son Esprit (Luc 11, 13). C'est lui qui nous configure à l'image de Dieu. Mais, encore une fois, être conforme ne veut pas dire « être décalqué, copié/collé ». C'est pourtant notre penchant premier, car nous sommes toujours tentés par le meilleur de nous-mêmes. Dans le récit biblique, Satan ne nous demande pas de revenir à l'animalité mais de nous hisser jusqu'à la divinité ! Si nous sommes habités par l'Esprit, notre prière sera ajustée à ce que Dieu veut pour nous car c'est l'Esprit, qui nous fait dire « Abba », « Père » et il ne peut pas nous pousser à rivaliser avec lui (Galates 4, 6).

Enfin dernier mot : **Nous**. Le croyant ne prie jamais seul, ni pour lui seul. Nous avons reconnu que nous étions avant tout des êtres de relation. Chacune de nos prières prend une dimension universelle puisque nous sommes reliés à l'humanité entière et à tout le cosmos. Jésus ne s'y est pas trompé quand on lui demandait de nous apprendre à prier et qu'il n'a pas répondu par un « mon père » mais « Notre Père ». Minuscule cellule du corps actuel du Christ qui prie son Père et notre Père, notre infirme prière prend une ampleur insoupçonnée et soulève l'Esprit du Père vers celui du Fils pour atteindre la plénitude du salut. La prière est toujours plurielle.

Puisque nous avons commencé par le rôle de la parole finissons par celui du silence.

Prier n'exige pas toujours des mots et des phrases et s'accommode bien du silence. Car le silence est nécessaire aux germinations fécondes. C'est dans le recueillement muet que nous pouvons exposer sans parement tout notre être au travail de l'Esprit.

Excusez-moi, s'il vous plaît, j'ouvre une parenthèse. Vous vous êtes aperçus que presque naturellement, j'emploie la première personne du pluriel en m'incluant dans cette œuvre de salut à laquelle nous sommes appelés. Je n'ai pas perdu le peu de raison qui me restait, mais je veux signifier par là que par votre intermédiaire, les êtres humains, c'est toute la nature et toute la création qui est concernée par la rénovation de toutes choses. Ce que les croyants appellent le Royaume de Dieu et qui sera l'achèvement de cette création enfin parvenue au but fixé par Dieu, inclura d'une façon ou d'une autre tous les êtres qui ont contribué à son avènement. Je ne sais comment mais, moi, l'âne de la crèche j'aurai ma place sur cette « terre nouvelle et ces cieux nouveaux » et c'est pourquoi j'estime que les braiements de satisfaction que je pousse après une bonne sieste sont le cri de ma prière unie à la vôtre.

Connaissez-vous cette prière attribuée à saint Augustin que je demande à notre président de bien vouloir vous lire ? Vous comprendrez que la sainteté et la prière n'empêchent pas l'humour :

La prière des ânes

Donne-nous, Seigneur, de garder les pieds sur terre
et les oreilles dressées vers le ciel
pour ne rien perdre de ta Parole.
Donne-nous, Seigneur, un dos courageux
pour supporter les hommes les plus insupportables !
Et un gosier héroïquement fidèle à son vœu
de ne pas boire quand il a soif.
Donne-nous d'avancer tout droit en méprisant
les caresses flatteuses autant que les coups de bâton.
Donne-nous d'être supérieurs aux injures
et à l'ingratitude,
car c'est la seule supériorité que nous ambitionnons.
Nous ne te demandons pas de nous faire éviter toutes les sottises,
car Aristote dit qu'un âne fera toujours des âneries.
Donne-nous seulement de ne jamais désespérer de la Miséricorde
si gracieuse pour les ânes si disgracieux…
à ce que disent les pauvres humains qui n'ont rien compris
aux ânes ni à toi, mon Dieu, qui as fui en Égypte avec un de nos frères
et qui as fait ton entrée prophétique
à Jérusalem sur le dos d'un des nôtres.
Amen !

« Le premier travail du croyant, dis-tu, est de prier. Tu ne crois pas que l'on pourrait consacrer tout ce temps à d'autres choses plus utiles pour rendre les gens moins malheureux ? Et à défaut de faire le paradis sur terre, nous pourrions la rendre plus habitable ! » entend-t-on du fond de la salle.

L'objection est aussi vieille que les moines. Dans votre société qui travaille trop et à un rythme effréné, nous voyons fleurir de plus en plus de propositions de stages ou de séjours consacrés à l'intériorité et à la modération sous toutes ses formes. Le succès de la marche sur des itinéraires de pèlerinage ou de découverte d'une nature préservée est le signe d'un changement de culture. Et qu'est-ce qui est le plus « utile » : un échange de quelques mots avec un mendiant ou une pièce jetée à la va-vite ? Une vraie prière ne peut que fleurir en fraternité universelle.

La charité fraternelle

– Le deuxième grand travail qui est demandé au disciple du Christ est l'œuvre de la **fraternité**. Se laisser habiter et animer par l'Esprit de Dieu implique de le reconnaître chez tous ceux qui bénéficient de sa présence et de les considérer comme des frères partageant la même vie. Cette fraternité s'appelle la **charité**. La charité a pris tous les noms au cours des siècles quand elle a voulu passer à l'action. Elle reste, néanmoins, ce voile imperceptible laissé en suspension, après l'acte fraternel accompli, qui s'efface pour laisser toute sa place au passage du souffle divin. La charité fait oublier les mérites acquis par le donateur et les qualités affichées par le récepteur, dont ils pourraient tous les deux se féliciter, mais qui abaisseraient la fraternité au rang d'un banal échange d'amabilités. Je sais que ce mot d'origine grecque est l'une des trois façons dont on peut parler de l'amour. Mais je sais, surtout, que lorsqu'il passe à l'action, il se concrétise et prend chair de mille manières aussi efficaces et créatrices les unes que les autres. Et c'est bien l'acte qui compte comme le rappelle l'apôtre Jacques : « Une foi qui n'agit pas est tout à fait morte » (Jacques 2, 17).

C'est bien de ce mouvement issu de la foi poussant à aider son prochain que sont nées les initiatives innombrables de toutes ces congrégations religieuses qui fondèrent les hospices, les universités, les écoles des campagnes, les grands collèges, les confréries artisanales et certains syndicats. Et que dire de l'action des moines qui assainissaient des régions impropres aux cultures et procuraient un refuge aux paysans molestés par les bandes de pillards. Impossible de faire le bilan, même à l'heure actuelle, de la myriade des services rendus aux populations du globe par les organisations caritatives officielles comme par les communautés de croyants anonymes qui rayonnent de leur charité fraternelle. Sans compter les grandes figures qui ont marqué l'histoire, de saint Vincent de Paul à l'abbé Pierre et mère Teresa, en passant par Charles de Foucauld qui se voulait un frère universel en terre musulmane.

Nous sommes tellement habitués à compter sur ce que nous appelons nos droits sociaux que nous en avons oublié l'origine, c'est-à-dire le devoir de charité. Certes, on pourra toujours rétorquer que « charité bien ordonnée commence par soi-même » et que les intentions qui l'accompagnaient n'étaient pas toujours pures. Cependant, on ne peut pas passer sous silence ce témoignage d'amour fraternel d'autant plus gratuit qu'il ne se solde plus par des adhésions massives à la foi et qu'il est parfois encore objet de suspicion et de dérision. L'acte de charité restera le sceau d'une foi authentique surtout s'il va jusqu'au pardon de l'offense ou de la calomnie.

Après avoir ouvert toutes grandes les portes de la raison jusqu'aux frontières des croyances pour aborder les rivages de la foi elle-même, estimant que ses réponses avaient remis en place les fondamentaux indispensables pour susciter en chacun une réflexion utile, le « ministre » proposa une halte pour que, par un juste retour des choses, des volontaires prennent sa place et puissent enrichir les autres de leurs convictions. Le président fit le tour de table habituel pour connaître l'opinion de chacun. Tous se défilèrent. Henri, l'auteur de la lettre du non croyant, suggéra plutôt que chacun puisse déballer un peu en vrac ses réactions, hors sujet imposé ou hors des thèmes qui avaient été abordés. Le président convainquit « grisou » comme l'appelaient les intimes, de reprendre le collier et d'accompagner jusqu'au bout l'aventure de l'université du sel. Le nombre des membres permanents avait fondu comme l'iode dans l'eau claire mais le café « théo » commençait à attirer des curieux au-delà même du cercle des curistes !

3.

QUELQUES BRAIEMENTS POUR COUVRIR LES HYMNES DES POUVOIRS USURPÉS

Entre nous

– J'avais bien senti que mes explications sur la prière et sur la charité n'avaient pas soulevé un enthousiasme fracassant. Il se trouve que le fameux Rapport Sauvé qui révélait aux yeux du monde les actes de pédocriminalité de certains clercs avait été publié pendant l'une de mes cures. Mes amis, quelle avalanche ! Quel tsunami ! Tout y est passé : « Le curé d'autrefois qui entretenait une soi-disant gouvernante, ces évêques à la langue de buis, l'argent demandé pour célébrer une messe, les enfants du caté à qui on bourre la tête d'histoires de création qui ne tiennent pas debout, les femmes exclues du sacerdoce, ces abbés de gauche qui s'occupaient plus des usines que des églises, ces jeunes prêtres actuels qui se déguisent et organisent des processions pour provoquer le badaud incrédule… » J'ai tout entendu. Y compris : « Mais toi on ne t'en veut pas, tu n'y es pour rien et tu n'es qu'un âne, mais comment peux-tu encore te compter dans les rangs de ces derniers des nuisibles ? »

Le président, qui ne souhaitait pas que l'académie s'enlise dans des propos sans intérêt ou outranciers, avait du mal à hiérarchiser et à classer les remarques qui fusaient de toutes parts. Enhardi par le nouvel intérêt suscité par le tour de table, il essaya de synthétiser les diverses appréciations :

« En demandant ce rapport de la commission indépendante sur les abus sexuels ne crois-tu pas que l'Église s'est tiré une balle dans les pieds ? Elle qui a toujours prêché, du moins pour les autres, une morale sans concession, voilà qu'elle lui saute à la figure ! »

Sans attendre la réponse de l'âne, un curiste qui se déplaçait en fauteuil roulant et qui n'avait manqué aucune séance de l'académie, s'adressant au président prit la parole. Il se faisait d'habitude très discret. On savait seulement qu'il avait eu des responsabilités importantes dans la fonction publique et qu'il avait été victime d'un très grave accident. Dès les premiers mots le silence s'imposa, par sympathie, par déférence, par compassion ? Un peu tout à la fois.

« Que l'on ne puisse pas faire l'impasse sur les interrogations qui jaillissent de notre raison quand elle pousse ses investigations au-delà de l'intendance quotidienne, que l'on ne se permette pas d'expédier dans le musée des horreurs ou des vieilleries les religions qui ont façonné la mentalité et l'histoire de nos sociétés, soit. Aucun individu sensé ne peut dénigrer le sens de l'absolu de Mahomet, la sagesse du Bouddhisme, le message percutant des Évangiles et la personnalité exceptionnelle du Christ. Mais avouez que l'on a du mal à les reconnaître dans l'histoire ancienne et récente de toutes les religions et de l'Église en particulier. Comment reconnaître la barque de Pierre dans le paquebot du Vatican ? Comment deviner dans ces célébrants chamarrés de vêtements étincelants, les pêcheurs du bord du lac ? Comment entendre les cris des foules de pauvres et de malades qui appelaient Jésus à leur aide dans ces assemblées immobiles qui répondent ou chantent sur ordre le dimanche à heure fixe ? Pour résumer ce que je pense après ces rencontres dont je vous remercie d'avoir pris l'initiative : Jésus et l'Évangile, oui ! Prière et charité, de temps en temps ! Dieu, peut-être ! L'Église et ses représentants, non ! Je fais une exception pour le pape actuel, François, qui, d'ailleurs, suscite davantage la sympathie chez des gens comme moi que parmi les fidèles d'origine contrôlée. En tout cas, je n'ai pas besoin d'intermédiaires pour entretenir ma vie spirituelle. »

Silence respectueux de la salle.

« Je n'habite pas très loin d'une abbaye bénédictine », ajoute une autre participante.

« Il m'arrive d'aller y passer de temps en temps un dimanche avec mon mari. J'apprécie la belle simplicité de leur liturgie et l'atmosphère de silence qui y règne. Je m'aperçois que ces moines bien que vieillissants attirent toujours des visiteurs et pas que des croyants. »

Voulant profiter du déballage général, une voix perçante prend le relais.

« On n'y comprend plus rien. Je suis croyante et pratiquante, j'aide à l'entretien de l'église de mon village. Je n'ai eu aucun problème jusqu'ici. Et voilà qu'un jeune curé nous impose de nouvelles règles. Pas question que les femmes restent dans le chœur sauf pour le fleurir (vous voyez la logique), pas de communion sans confession, communion recommandée sur la langue et à genoux, de l'encens en veux-tu en voilà, achat de vêtements liturgiques comme s'il en manquait, cierges et croix sur l'autel qui cachent le pain et le vin, refus de concerts dans l'église alors qu'il y a toujours eu de bonnes relations avec la municipalité et j'en passe… Devant l'intransigeance affichée beaucoup quittent l'assemblée sur la pointe des pieds… »

Le pouvoir perdu

– Mes amis, je ne vais pas répondre dans le détail à toutes les questions que vous avez soulevées car il faudrait allonger nos cures au-delà du nécessaire ; elles nous feraient du mal plutôt que du bien. Je commence par répondre à la dernière intervention, ce qui donnera des éléments pour aborder, je l'espère, les autres. Elle pose, me semble-t-il, le rapport de l'Église et du pouvoir. Au début de leur existence, les communautés chrétiennes étaient suspectées d'être dangereuses par la puissance impériale. Le Christ était considéré comme concurrent du roi ou de l'empereur, il fallait donc éliminer ses adeptes. Après la conversion de l'empereur Constantin (IVe siècle), l'Église sortit de la clandestinité et n'eut aucun mal à se développer. Lors des invasions barbares, elle pallia la faiblesse ou l'absence du pouvoir civil et parfois le remplaça, y compris sur le plan judiciaire. Durant le Moyen Âge, grâce à ses moines copistes et à ses universités, elle acquit et transmit le savoir. La Bible lue sans le filtre de l'exégèse et considérée comme critère de vérité en tous domaines couvrait l'ensemble des connaissances. La royauté s'appuya sur elle pour consacrer sa couronne et partager ses prébendes. Son action charitable fut à l'origine d'un véritable réseau d'action sanitaire et sociale comme on l'appellerait aujourd'hui. Pauvres, indigents, infirmes, contagieux et malades avaient recours à ses hospices. Par sa politique de grands travaux de construction d'églises, de couvents et de cathédrales, elle permit le développement des arts et de l'artisanat. Les moines, par une politique d'aménagement du sol et des cultures, réorganisèrent le territoire. Le clergé prit donc l'habitude d'occuper les premières places dans la société et d'être considéré jusqu'à la Révolution française comme un état dans l'état. L'époque moderne signa la fin de la suprématie de l'Église. Le peuple reprit (du moins le crut-il) le pouvoir et les progrès de la science, y compris ceux de l'exégèse, contestèrent les données bibliques. Fin du pouvoir civil, fin du pouvoir judiciaire, fin du pouvoir intellectuel et petit à petit fin du pouvoir supplétif sur les pauvres ! Que restait-il à l'Église ? Elle se replia sur le domaine moral de la société. Même Napoléon lui accordait cette utilité dans la gestion de son empire !

Je puis vous dire que toutes ces dépossessions successives de l'exercice du pouvoir ont été vécues très douloureusement, car chaque fois c'était l'avenir même du christianisme qui était en jeu. Ajouter à cela des schismes meurtriers générateurs de conflits armés, des périodes de décadence et de soumission servile au pouvoir civil, de compromissions manifestes, de collaboration à la colonisation de peuples indigènes, il y avait de quoi désespérer de l'avenir de cette institution qui se voulait exemplaire et se présentait comme la société parfaite ! La rupture entre l'État et l'Église fut particulièrement rude dans votre pays et aboutit à la séparation du début du XXe siècle. Elle donna lieu à des soubresauts périodiques et à une sorte de défiance réciproque contenue dans les frontières de la laïcité mais prête à s'enflammer au moindre coup de vent.

Toutefois, muni des dix commandements de Moïse et de ceux de l'Église, le chrétien semblait doté d'une armature morale qui avait fait ses preuves. De plus, elle permettait à l'Église, par le biais de la confession, de garder la main sur les consciences d'une majorité de citoyens. Jusqu'au lendemain de la Deuxième Guerre mondiale, le curé du village était considéré comme le gardien des bonnes mœurs et l'artisan du sacré. Malheureusement, ce blindage moral qui avait forgé une certaine cohésion sociale dans les comportements quotidiens, ne résista pas à l'individualisme qui triompha après les trente glorieuses et qui plaça sur le trône et sur l'autel l'idole triomphante du sujet, roi et seigneur. Celui-ci n'avait plus besoin de l'Église pour juger de ce qui était bon ou mal et ne supportait plus une règle imposée. Il était sa propre référence à l'exclusion de tout autre. La révélation de l'ignominie consignée dans le Rapport Sauvé acheva le travail de déconsidération et de mépris déjà entamé depuis fort longtemps par les adversaires de l'Église. Fin du pouvoir moral.

(Je demande une indulgence plénière auprès des historiens qui se trouvent parmi vous, mais j'ai vécu tant d'histoires dans tant de pays différents que je ne peux avoir qu'une vue simplifiée et tronquée comparée à la vôtre !)

Le dernier pouvoir

– L'Église a-t-elle perdu tous les pouvoirs ? Non, il lui en reste un : le pouvoir liturgique. Et ne voit-on pas depuis plusieurs années l'apparition d'une fracture au sein de nombreuses paroisses qui justement se manifeste dans la façon de célébrer ?

J'ai un peu perdu l'habitude de me présenter tous les dimanches à la messe. Ma présence suscite trop de dérangements et certains curés n'aiment pas que je leur « vole la vedette ». Mais deux fois par an, à Noël et le dimanche des Rameaux, il arrive que l'on mime la Nativité ou l'entrée de Jésus dans Jérusalem en liesse, avant d'entendre la longue lecture de sa Passion. Alors, me voilà réquisitionné pour jouer mon propre rôle ! Les gamins adorent se déguiser en bergers ou agiter des palmes, les parents et grands-parents ne veulent pas perdre une miette du spectacle dont personnellement je ne raffole pas. J'ai donc eu l'occasion de remarquer combien la liturgie, depuis votre dernier concile réuni en 1962, avait gagné en participation des fidèles – ne serait-ce que par l'utilisation de la langue parlée couramment – et combien l'écoute des textes de l'Écriture suivie des explications de l'homélie avait contribué à nourrir la foi des fidèles. L'expérience récente de la pandémie a permis à beaucoup de paroissiens de s'associer à la messe télévisuelle. Ils ont pu goûter une liturgie bien préparée par tous les participants et qui pouvait rester belle et priante dans sa simplicité et son authenticité. Une sorte d'effervescence liturgique s'est répandue dans des groupes déjà constitués qui se sont essayés à célébrer des liturgies dites « domestiques ». Encore une occasion de mettre en œuvre la participation de chacun, mais aussi de constater qu'il n'est pas évident de trouver un consensus quand on s'éloigne du schéma imposé !

J'ai été plus d'une fois surpris de voir ressurgir un rite qui avait été réformé et que je croyais révolu. Après réflexion, il n'y avait là rien d'étonnant. Sous prétexte de retour au sacré, le rôle du prêtre ou de l'évêque y était grandement restauré : retour aux vêtements qui rappellent la spécificité sacerdotale empruntée à l'Ancien Testament et même aux pouvoirs impériaux. L'aube du baptême et l'étole qui rappelle que le pouvoir de lier au joug de Dieu vient du Christ et non des hommes, disparaissent sous les autres vêtures rutilantes, accumulées par la fréquentation des civilisations passées.

Nul ne peut désormais toucher les vases « sacrés » si ses mains ne sont pas consacrées. Filles et femmes ne pénètrent plus dans le chœur sauf autorisation expresse obtenue pour faire son ménage. L'autel devient le reposoir d'un nombre codifié de cierges et le support d'un crucifix central, comme s'il en manquait dans les églises, de sorte que le pain eucharistique devient presque invisible à l'assemblée. Il arrive qu'une rangée d'enfants de chœur vienne s'aligner devant les fidèles priés de se mettre à genoux et de respirer les volutes d'encens sans tousser. Génuflexions appuyées, signes de croix ostensibles et communions sur la langue se multiplient dans les rangs : manière d'étaler sa ferveur au grand jour et de rappeler aux autres leur trop grande désinvolture. Bref, le prêtre, grand maître de cérémonie retrouve et reprend le pouvoir liturgique mis à mal par des initiatives trop hasardeuses de célébrants et de laïcs. Pourtant, ces baptisés avaient cru lire dans les textes conciliaires que l'Eucharistie était l'affaire de tout le peuple de Dieu et qu'ils participaient à la fonction sacerdotale de toute l'Église. Enfin, pour comble de bonheur, le prêtre convaincra quelques anciens, nostalgiques de leur enfance, et, paradoxalement, des jeunes qui n'ont jamais connu ce rite, d'assister à une messe en langue latine, sauf l'homélie (et d'ailleurs pourquoi ?) dos au peuple. Ainsi renaît une sorte de matérialisme du sacré qui vient se nicher dans des lieux réservés, des gestes précisés, des mots scrupuleusement répétés, des intonations ad hoc. Au point que l'Esprit ne peut agir que si les paroles consécratoires sont prononcées le plus près possible de la coupe de vin et que le couvercle du ciboire soit enlevé au cas où ce même Esprit s'éparpillerait ailleurs. Je ne critique pas les rites. Il en faut. Vous êtes, vous les humains, corps et esprit ; le corps doit aussi parler et quand il est collectif, quand il s'exprime en assemblée, il doit refléter une indispensable unité. Mais cette chosification du sacré crée des frontières à défendre et à étendre. Aussi, à défaut de guerre où employer son esprit de résistance et sa bravoure, la dissidence religieuse peut offrir un terrain de combat pour chevaliers frustrés. On a parfois les guerres dont on rêve ! Mais « à vaincre sans péril, on triomphe sans gloire » !

Quel que soit le rite adopté, il sera toujours inadapté à la réalité divine à laquelle il veut nous relier, je vous l'ai déjà assez dit. J'ai toutefois constaté que lorsque le célébrant lui-même prie la messe, alors l'assemblée est entraînée à la prière. S'il se comporte en animateur liturgique ordonnant par le geste ou le regard, accaparant le micro pour des commentaires incessants ou s'il joue au chamane en répétant mimiques et formules rituelles, alors le spectacle non seulement est de mauvais goût mais, en outre, il perd toute signification. J'en arrive parfois à fermer les yeux et à débrancher mes oreilles pour pouvoir prier pendant un office. Pour me consoler, j'ose espérer que cette bataille des rites liturgiques servira pour les uns comme pour les autres à retrouver le mystère indépassable de la présence et de l'agir du Christ ainsi que la nécessaire participation de tout le corps du Christ, c'est-à-dire de tous les baptisés à son Eucharistie. François Cassingena-Trévedy, l'un de vos théologiens actuels, déjà cité, le dit mieux que moi dans ses *Chroniques du temps de peste*.

Une fois encore, quel que soit le rite, simplifié ou solennel, ancien ou moderne, le célébrant n'est là que pour s'effacer. Il aura beau se déguiser et se grimer de toutes les façons, il ne sera jamais le Christ à la Cène. Il ne doit pas cacher l'autel ou se substituer à lui. Et ceci est vrai pour tous ceux et celles qui gravitent autour de lui. Plus ils seront discrets et transparents, plus ils respecteront la rencontre entre le Christ et les invités au repas des « noces de l'Agneau », selon une nouvelle traduction qui les transporte sans précaution dans l'Apocalypse, dernier livre de la Bible à lire avec les lunettes de la première Alliance.

Cette reprise en main du pouvoir liturgique cache en réalité l'incapacité à se comporter comme un pasteur qui n'a à attendre de reconnaissance que celle accordée par le troupeau non pas de moutons mais de brebis, et de brebis qui connaissent déjà le vrai Pasteur.

Celui-ci n'a jamais dit qu'il serait le professeur, le censeur, le proviseur, le savant, le créateur, le promoteur, le directeur, le chef, l'éducateur, le sélectionneur, l'entraîneur, le timonier, le recteur, le procureur, l'animateur ou le guide suprême. Il a dit : « Je suis le bon pasteur, je connais mes brebis, mes brebis me connaissent et je donne ma vie... » et il aurait pu ajouter : « Pour connaître et être connu, tu dois écouter les vieilles brebis, demander conseil aux plus vaillantes, surveiller les jeunes imprudentes, examiner les malades et les blessées, prendre soin des agneaux, contempler la montagne et scruter le ciel et les nuages, compter sur le chien, fidèle gardien, suivre les habituées des sentes de l'estive, te méfier du mercenaire qui ne pense qu'à son salaire et sa promotion, questionner les anciens, prendre le temps de poser bien à plat tes idées sur les braises jusqu'à bonne cuisson, appeler les autres bergers, partager avec eux ton pain et ton vin. Et, surtout, ne pense jamais, ne dis jamais : « Je suis votre pasteur » tant que tu n'as pas, comme moi, donné ta vie pour les brebis » (jeancasanave.blogspot.com).

Tant que tous les acteurs de la liturgie, du célébrant jusqu'à celui qui chante de bon cœur mais faux et que l'animateur foudroie du regard, n'auront pas compris qu'ils sont tous des « servants de messe », la tentation restera forte de faire de nos cérémonies des occasions de récupérer un pouvoir perdu. Mais pour se comporter comme « servant » encore faut-il remettre toute prière ou toute liturgie à sa place. En effet, il n'y a qu'une messe, qu'une Eucharistie, celle, éternelle et universelle, que célèbre le Christ ressuscité, car c'est bien dans l'offrande de lui-même à son Père et à ses frères que la résurrection a saisi Jésus pour « éterniser » son geste. Nos liturgies n'ont de valeur que parce qu'elles entrent dans celle du Christ dont elles sont l'actualisation. Alors, cessons de nous demander qu'elle est la plus vraie, la meilleure, la plus authentique. Il n'y en a qu'une : celle du Christ vivant dont nous ne sommes que les « servants » sans importance.

4.
MON HYPOTHÈSE

– « Comment accorder un crédit quelconque aux représentants des religions et en particulier de l'Église quand on voit les turpitudes dont ils sont capables ? Et sans aller jusqu'à établir un palmarès des horreurs en incluant les autres institutions, toutes aussi coupables mais moins visées, comment, en effet, ne pas remarquer plus que jamais l'écart entre le message annoncé, l'événement célébré et la faiblesse congénitale du médiateur ? La trace laissée par les religions et l'Église dans l'histoire des hommes est plutôt boueuse et n'a jamais reflété la présence réelle de son divin fondateur ». C'est ainsi que je traduis toutes les remarques que vous avez formulées dans le déballage final de notre académie bien salée.

Le miroir terni et brisé

– Au sujet de ce grave malentendu entre la société et l'Église, laissez-moi oser une hypothèse. Vous aurez tout le loisir d'en vérifier la pertinence auprès de théologiens patentés. Je n'oublie pas que je ne suis qu'un pauvre bourricot.

Je crois que nous sommes victimes d'un phénomène de miroir déformant et mal orienté. Je m'explique. Saint Paul dans sa deuxième lettre aux Corinthiens fait allusion à un voile qui selon la tradition juive recouvrait la Torah (la loi qu'ils avaient reçue de Dieu par l'intermédiaire de Moïse) et en cachait en partie le sens plénier. Il rappelle aussi que Moïse se voilait la face pour ne pas être irradié par la présence de Dieu lorsqu'il le rencontrait dans la tente qui servait de temple. Heureusement, un livre scellé, conservé dans le ciel, recelait la Torah parfaite. L'Apôtre affirme que par la conversion au Christ qui se présente comme notre nouvelle Parole de Dieu, le voile est tombé et que désormais « nous reflétons comme dans un miroir la gloire du Seigneur » (2 Corinthiens 3, 18).

Et nous voilà transfigurés en cette image ! En vertu de cette transfiguration, Paul n'hésitera pas à identifier le Christ comme « l'époux » de l'Église et celle-ci comme son « corps », le chrétien comme « temple de l'Esprit » de sorte que l'Église devient le signe irradiant, le sacrement même du Christ. C'est ainsi que je vous l'ai présentée. Un peu grisés par ce vocabulaire, nous en avons fait une entité à part, assimilée au Christ lui-même, au point d'affirmer avec les premiers théologiens que « là où est l'Église, là est le Christ ». S'appuyant sur cette révélation, Paul donnait aux destinataires de ses lettres le nom de « Saints », terme dont ils usaient entre eux. L'Église finissait par se présenter comme une réalité pure de toute contamination humaine, placée dans un entre-deux, entre ciel et terre, jouant les intermédiaires entre Dieu et les hommes. Et c'est ainsi que le prêtre, son représentant attitré, était perçu comme l'homme à part, distingué des autres par son habit et son célibat, habilité à fréquenter le sacré, bref consacré. J'ai entendu, un jour, un cardinal rappeler devant un parterre de prêtres que chacun d'eux n'était pas moins qu'un *ipse Christus* (Christ lui-même) et emporté par l'élan de son éloquence et la concision redoutable du latin un *ipsissime Christus* (plus que lui-même). Les oreilles m'en sont tombées. Imaginez que, de retour dans leur mission, ses auditeurs se prennent réellement pour le Fils de Dieu et Dieu lui-même ! Au mieux, dans l'incapacité d'atteindre l'objectif fixé, ils tomberont dans une grave dépression, au pire, ils exerceront sur les chrétiens un pouvoir discrétionnaire, source de tous les abus spirituels dont on voit les funestes méfaits dans certaines communautés livrées aux mains de gourous omnipotents.

Après avoir asséné des formules comme *alter Christus* (un autre Christ) ou *ipse Christus* ou bien d'autres raccourcis qui tiennent plus du slogan que de la réalité, prenons la précaution d'ajouter une traduction ou une explication qui tienne compte de la distance qui nous sépare du modèle imposé. S'il y en a un qui peut revendiquer l'état sacerdotal c'est bien le Pape ! Comment se fait-il qu'il se présente comme pécheur et qu'il nous demande de prier pour lui !

La crise actuelle que subit l'Église ne fait que révéler ce que l'on savait déjà. Elle n'est pas un double du Christ, surplombant les hommes, elle est faite d'hommes en chair et en os, partageant la même condition qu'eux, soumis aux mêmes pressions économiques ou culturelles, travaillés par les mêmes désirs de bonheur et tentés par le culte de soi qui est l'idolâtrie la plus répandue aujourd'hui. Oui, l'Église est bien le miroir de la gloire de Dieu mais un miroir grossièrement poli, terni et parfois mal orienté, toujours tenté de ne refléter qu'elle-même. Le même Paul, toujours réaliste, et quittant le registre de la gloire lumineuse pour celui du trésor à garder, constate que celui-ci est contenu dans des vases d'argile et donc soumis à une fragilité structurelle.

« Corps ou épouse du Christ », « Temple de l'Esprit », proclamée « Sainte », dans le Credo, elle l'est mais en devenir car, pour l'instant, elle est sujette aux « lois de chair et de sang » selon le même saint Paul. D'ailleurs, lui-même n'hésitait pas à réprimander vertement ses paroissiens de

Corinthe qui pourtant se qualifiaient du titre de saint. Preuve qu'ils ne l'étaient pas encore ! Que l'Église se revendique comme l'image du Christ pourquoi pas – si elle ne l'était pas qui le serait ? –, mais sans oublier toutefois que ce reflet n'a pas atteint la ressemblance désirée. L'image du Christ qu'elle renvoie ne peut être que ternie et partielle. Comment une réalité terrestre pourrait-elle, sans en être brûlée et consumée, imprimer la face même de Dieu révélée en Christ Ressuscité ? La tradition nous a bien laissé une image du Christ mais elle n'est pas glorieuse. Véronique n'a pu imprimer que la face d'un condamné au supplice.

De plus, ce miroir a toujours tendance à réfléchir une part de nous-mêmes selon l'orientation que nous lui donnons et il lui suffit de refermer un peu l'angle de vue pour superposer notre photographie sur celle du Seigneur. Sali et mal orienté, le miroir du chrétien renvoie une image floue et même parfois faussée. L'Église serait plus inspirée de se présenter comme cette part de l'humanité marquée par le péché, mais habitée par l'Esprit du Christ et en marche vers sa plénitude. Alors, modestement mais sans rougir, elle pourrait faire ressortir tout le positif qu'elle a apporté au bilan de l'histoire des hommes et aligner dans son tableau d'honneur l'immense cohorte des saints reconnus ou anonymes qui ont jalonné les siècles comme autant de lampes éclairant les ténèbres.

La bougie ou le miroir

– Abusant d'un vocabulaire d'assimilation au divin, l'Église, composée, ne l'oublions pas, d'êtres humains, n'a-t-elle pas succombé au péché de l'origine ? Souvenons-nous du malentendu originel et de la confusion alimentée par Satan entre « être image » et « être comme Dieu ». La communauté des croyants n'est-elle pas tombée en tentation de confondre la réalité divine qui échappe à toute assimilation et à toute manipulation, avec l'image toujours un peu floue qu'elle est censée offrir aux chercheurs de sens et de joie. Au lieu de se contenter de n'être qu'un miroir reflétant un simple éclat de la lumière divine, elle a cru être source de la lumière. Elle a préféré être la bougie qui donne l'illusion d'être la source de la lumière. Or la bougie, à force de brûler, finit par s'éteindre et disparaître.

Le miroir, tombé à terre, brisé, piétiné, sali, renvoie toujours un éclat infime ou intermittent du soleil. Car la lumière même mal reflétée ne vient pas de lui. Et celui ou celle qui veut en connaître la source ne peut que se tourner vers le ciel. Mais notre monde occidental contemporain saturé d'images, comme nous l'avons déjà vu, n'a-t-il pas tendance à prendre la représentation pour la réalité ? À croire que tout avait déjà été dit dans le chapitre 3 du livre de la Genèse !

Retour à la parabole

– Entre le raccourci simpliste, parfois ravageur du prédicateur cherchant l'adhésion de son auditoire et le vocabulaire alambiqué du théologien recherchant le mot juste pour dire Dieu, pourquoi ne pas revenir simplement à la parabole, ce récit imagé qui commence par la formule, « il en va du Royaume de Dieu comme… » ? À la suite des rabbins, Jésus l'utilisait pour parler de ce mystérieux règne de Dieu qui échappe aux investigations de la raison humaine. Comme le seau au bout de la corde du puits, selon une tradition juive, elle est capable de puiser dans les profondeurs du mystère de Dieu.

À quoi vais-je comparer l'Église et le chrétien ? Ils sont comme un miroir. Qu'ils soient ornés d'un cadre ouvragé ou écorné dans ses angles, qu'ils soient fixés bien en vue sur un mur ou posés négligemment sur une table, qu'ils soient ternis par le temps ou éclatants, la lumière qu'ils reflètent ne leur appartient pas.

Ils ne sont pas comme la bougie qui, toute guillerette, brille dans le temple. Elle se réjouit de sa clarté et fait l'admiration des visiteurs extasiés devant cette flamme légère et éthérée qui jaillit d'un morceau de cire solide planté sur un chandelier. Il lui arrive même de croire qu'elle est la source de la lumière. Mais quand elle voit la mèche se consumer, elle est saisie d'un grand doute et l'illusion fond comme la cire. Quand elle aura disparu, qui éclairera ?

Le miroir oublié par les hommes, jeté dans le fossé, et même brisé en mille morceaux ne cessera jamais d'envoyer un rayon de lumière car elle ne vient pas de lui et il le sait bien.

Quelqu'un lui demanda : explique-nous ta parabole !

Le chrétien n'est qu'un miroir. Il a été plongé dans l'eau purifiante, il est animé de l'Esprit Saint, il a « revêtu le Christ », il se nourrit de sa vie. Qu'il soit sale, en guenilles, amaigri, il éclairera toujours, à condition de ne jamais se prendre pour la bougie source de lumière et à plus forte raison pour un cierge d'autel. Il se souviendra de Jean le Baptiste (encore lui !) : « Il n'était pas la lumière, mais il s'en portait témoin » (Jean 1, 8).

Pour une Église accueillante et indulgente
Des appartenances diverses

– L'Église gagnerait en vérité en reconnaissant qu'elle est un peuple de pécheurs en voie de sanctification et à ce titre, elle pourrait accueillir dans sa famille des parents éloignés qui gravitent autour d'elle à quelques occasions, mais qui ne se sentent pas appartenir au premier cercle.

Si mon hypothèse s'avère exacte ou du moins pas trop fausse, ne faut-il pas reconnaître un principe de graduation dans l'appartenance à l'Église ? Quand j'accompagnais Jésus dans les bourgades de Palestine, les gens qui le suivaient ou qui l'accueillaient ne formaient pas un groupe uniforme. On distinguait les douze qui étaient de toutes les corvées, les disciples qui venaient boire ses paroles là où il se trouvait, puis la foule de tous ceux et celles qui, intrigués par sa réputation de faiseur de miracles, accourait pour en recevoir un bienfait. Sans oublier sa famille, inquiète pour lui, et ses amis qui lui procuraient le pain de l'amitié et de la fidélité. Enfin, le groupe des opposants ne cachait pas son hostilité envers ce perturbateur de la foi ancestrale. Quand il a célébré la cène il n'a pas rameuté l'ensemble de ses partisans ; par contre, il a demandé plusieurs fois aux apôtres de partager le pain pour la foule qui avait faim. Quand il a guéri les malades, les estropiés et les aveugles, il ne leur a pas imposé au préalable le baptême ou la confession des péchés. Il a reconnu et magnifié leur foi.

Il ne s'agit pas de brader les sacrements, d'appeler chrétien qui ne l'est pas et ne veut pas l'être. Mais l'Église, reconnaissant qu'elle n'est qu'une image floue et ternie de son Rédempteur, ne se désavouerait pas en admettant que beaucoup d'hommes et de femmes qui prient à leur façon, parfois fort peu orthodoxe, qui soignent leurs frères, qui distribuent le pain et le reste dans les maraudes ou les banques alimentaires, qui recueillent les sans-abri, qui retissent les liens cassés des familles explosées, qui visitent les isolés, qui nourrissent les hommes, qui soutiennent l'économie du monde, à condition qu'ils le fassent comme des serviteurs et non comme des profiteurs, font partie de sa famille élargie. Ne faudrait-il pas que les disciples du premier cercle ou du second inventent et proposent des actes et des paroles appropriées à ces situations et ces catégories de personnes ? « Il y a plusieurs demeures dans la maison de mon Père » (Jean 14, 2), il serait temps d'ouvrir largement les portes et ne pas se contenter timidement de piétiner sur le parvis. Votre pays est couvert de modestes et belles églises souvent fermées et vides. Vous savez les ouvrir à des manifestations culturelles ou artistiques ou tout simplement à la curiosité des touristes. Je suis sûr que vous saurez inventer mille façons d'accueillir dans le peuple de Dieu ceux et celles qui le cherchent sans le savoir, à condition qu'ils reconnaissent dans les chrétiens les valeurs qui les font vivre. Encore faudrait-il nous poser la question : pourquoi tant d'hommes et de femmes de bonne volonté, dans le temps qui est le nôtre, ne se reconnaissent pas dans l'image que leur offre l'Église d'elle-même ?

L'ancienne catéchiste s'agace un peu :

« Ce programme est alléchant, mais c'est plus facile à dire qu'à faire. Pourquoi ne l'avez-vous pas mis en œuvre vous-même ? »

Plusieurs personnes opinèrent du chef. Elles se sentaient apparemment concernées par ces problèmes internes à l'Église. Il y avait donc des croyants ou des chrétiens dans l'assemblée de l'académie qui étaient restés silencieux tout au long des rencontres. Peur d'affronter un public inconnu ? Trop habitués à laisser parler les officiels ? Désintérêt pour une foi en débat ? Cette dérobade interrogea l'âne qui attendit la fin de la soirée pour les questionner et en savoir davantage.

D'abord, je n'allais pas vous donner une Église clefs en main. C'est à vous maintenant de l'inventer. Ensuite, je crois que, grâce à vous, notre « café théo » était un essai de rencontre et de proximité parmi bien d'autres. Il sera à améliorer certes et à reprendre avec un témoin moins bavard et exotique que moi. Je me suis tenu, autant que je l'ai pu, au niveau de la raison humaine en employant un langage compréhensible par tous. C'est le terrain sur lequel les chrétiens peuvent aujourd'hui rejoindre tous les orphelins d'une famille religieuse ou les enfants d'un athéisme pas si serein qu'il n'y paraît. J'ai essayé de donner quelques explications de base sur le contenu de ma foi et de rendre compte de mon espérance. Mais je ne suis qu'un âne, vous vous en êtes aperçus !

Comme il l'avait prévu, le président conclut les débats. Cette dernière session avait battu tous les records de durée et pourtant pas un participant n'avait quitté le café. Pour cause : un repas devait clôturer l'expérience du « café théo ». Acte de simple restauration ou geste déjà liturgique ? À vous de conclure...

EN GUISE D'AU-REVOIR

Mon dernier conseil (il n'y a qu'un âne pour croire qu'il sera suivi !)

Frères et sœurs humains,

Lorsque, sur vos chemins, vous apercevez un âne immobile sous le soleil ou sous la pluie ne le dérangez pas. Il pense, il médite, il réfléchit…

Il se souvient de ce caravansérail des environs de Bethléem où il fut réveillé en pleine nuit par un jeune couple désemparé. Lui, s'appelait Joseph et elle, Marie. Ils cherchaient un endroit discret pour mettre au monde un enfant qui aurait dû normalement – mais y a-t-il quelque chose de normal dans une naissance ? – attendre la fin de leur voyage pour naître dans de bonnes conditions comme ils l'avaient prévu. Il faut croire que leur petit bébé était déjà précoce (le Royaume de Dieu n'attend pas) et qu'il ne cherchait pas le confort. « Né d'en haut », il était impatient de connaître les hommes d'en-bas. Il restera toute sa vie durant un peu en décalage avec le temps car son horloge intérieure était programmée sur l'éternité. Marie, inquiète, se demandait si sa hâte d'entrer dans le monde ne cachait pas quelque dessein mystérieux qui lui échappait. Elle apprendra plus tard qu'il lui fallait au plus vite s'occuper des « affaires de son Père », ce Père qui était aussi le sien et celui de son époux.

Il repense encore à ce jour ensoleillé où il avait prêté son dos à ce Jésus que l'on disait de Nazareth pour faire une entrée mémorable dans une ville où il était attendu et qui l'acclamait les palmes à la main. Il n'aimait pas qu'on lui tape sans raison sur la croupe mais, ce jour-là, il l'acceptait volontiers et avec le sourire car il était pour une fois sur le devant de la scène ! Cependant, il croit avoir entendu Jésus murmurer entre ses dents : « Où serez-vous mes pauvres amis quand l'heure viendra où ils viendront me prendre pour me crucifier ? »

Il se remémore le jour où son nouveau patron, un certain Simon de Cyrène, de retour du travail, fut réquisitionné par les Romains, lui fit porter sur le dos la traverse de la croix qu'on appelait le pallium. Il suivit ainsi jusqu'au Calvaire celui « qui n'avait plus figure humaine » et qu'il avait eu tant de peine à reconnaître. D'ailleurs, si vous approchez un peu le lui, vous apercevrez une grosse larme descendre le long de sa joue velue quand il repasse à nouveau les images de cette ignominie.

Toujours immobile, les yeux perdus dans le lointain, il revoit toutes les contrées qu'il a visitées avec Simon de Cyrène devenu disciple du Christ et se rappelle de l'exposé fleuri qu'il faisait devant les païens quand on lui demandait de raconter cette mémorable nuit de Bethléem.

Certes, il en avait rajouté un peu. Il n'était pas tout à fait sûr d'avoir soufflé sur l'enfant pour le réchauffer d'autant qu'il ne faisait pas très froid cette nuit-là. Quant à la mélodie entonnée par les anges, il était incapable d'en fredonner le refrain. Pas plus qu'il ne se souvenait de l'origine et du nombre exact de ces caravaniers appelés « les Mages » qui passaient par là.

Mais les hommes sont ainsi faits. Ils veulent tout savoir à l'égal de Dieu. Et lorsqu'ils ne savent pas grand-chose, ils ont besoin d'ajouter des détails pour se mettre en valeur auprès de leurs semblables ou pour se persuader eux-mêmes qu'ils maîtrisent l'histoire. Il en était déjà ainsi à l'origine de l'humanité. Et voilà comment se perpétue un dialogue entamé dans le jardin d'Éden, faussé dès le départ, qui n'en finit pas de présenter une mauvaise image de Dieu, source de tous leurs malheurs.

Enfin, il pense à tous ses frères « christophores » qui prendront sa suite. Il espère les avoir convaincus que le champ de la foi est toujours celui du monde tel qu'il est et de l'humanité qui l'habite. Que la recherche de sens et la raison humaine sont les outils indispensables pour ouvrir l'arche de la foi. Que la dépossession de tout pouvoir est une chance pour une Église encore soumise aux lois de la chair et du sang, blessée par le péché mais en marche vers la sanctification. Que revenue au rang des hommes en quête de joie et de fraternité, elle leur annoncera que le Christ et son message ne visent qu'une chose : restituer en nous l'image et la ressemblance de notre Père commun pour atteindre, dans la communion fraternelle, la plénitude de notre être.

Vous pouvez maintenant me réveiller de mes songes, j'ai encore une tâche à accomplir : avancer à petits pas précautionneux sur les sentiers caillouteux sans jamais perdre l'espoir de trouver une petite cabane de berger qui ressemblera à celle de Bethléem. Là, je reprendrai la place qui était la mienne et je contemplerai en silence la naissance d'une Église printanière qui accueillera l'avènement d'un monde nouveau.

Postface

PRIÈRE POUR ALLER AU PARADIS AVEC LES ÂNES

Lorsqu'il faudra aller vers vous, ô mon Dieu,
faites que ce soit par un jour
où la campagne en fête poudroiera.

Je désire, ainsi que je fis ici-bas,
choisir un chemin pour aller, comme il me plaira,
au Paradis, où sont en plein jour les étoiles.

Je prendrai mon bâton et sur la grande route
j'irai, et je dirai aux ânes, mes amis :
je suis Francis Jammes et je vais au Paradis,
car il n'y a pas d'enfer au pays du Bon Dieu.

Je leur dirai : « Venez, doux amis du ciel bleu,
pauvres bêtes chéries qui,
d'un brusque mouvement d'oreille,
chassez les mouches plates, les coups
et les abeilles. »

Que je vous apparaisse au milieu de ces bêtes
que j'aime tant parce qu'elles baissent la tête
doucement, et s'arrêtent en joignant
leurs petits pieds
d'une façon bien douce et qui vous fait pitié.

J'arriverai suivi de leurs milliers d'oreilles,
suivi de ceux qui portent au flanc des corbeilles,
de ceux traînant des voitures de saltimbanques

ou des voitures de plumeaux et de fer-blanc,
de ceux qui ont au dos des bidons bossués,
des ânesses pleines comme des outres,
aux pas cassés,

de ceux à qui l'on met de petits pantalons
à cause des plaies bleues et suintantes que font
les mouches entêtées qui s'y groupent en ronds.

Mon Dieu, faites qu'avec ces ânes je vous vienne.
Faites que, dans la paix,
des anges nous conduisent
vers des ruisseaux touffus où tremblent des cerises

lisses comme la chair qui rit des jeunes filles,
et faites que, penché dans ce séjour des âmes,
sur vos divines eaux, je sois pareil aux ânes
qui mireront leur humble et douce pauvreté
à la limpidité de l'amour éternel.

Francis Jammes (1868-1938)

TABLE DES MATIÈRES

Achevé d'imprimer en mai 2023
sur les presses de la Nouvelle Imprimerie Laballery
58500 Clamecy
Dépôt légal : mai 2023
Numéro d'impression : 304710

Imprimé en France

La Nouvelle Imprimerie Laballery est titulaire de la marque Imprim'Vert®